XIANG CUN

乡村书场

SHU CHANG

黄非红 著

天津出版传媒集团

天津人民出版社

图书在版编目（CIP）数据

乡村书场 / 黄非红著. -- 天津：天津人民出版社，
2018.3（2021.1重印）
ISBN 978-7-201-12803-0

Ⅰ.①乡… Ⅱ.①黄… Ⅲ.①长篇小说—中国—当代
Ⅳ.①I247.5

中国版本图书馆CIP数据核字（2018）第026253号

乡村书场
XIANGCUN SHUCHANG
黄非红 著

出　　版	天津人民出版社
出 版 人	黄　沛
地　　址	天津市和平区西康路35号康岳大厦
邮政编码	300051
网　　址	http://www.tjrmcbs.com
电子邮箱	tjrmcbs@126.com
责任编辑	张　凯
封面设计	杨梦清
制版印刷	三河市同力彩印有限公司
经　　销	新华书店
开　　本	660×960毫米　1/16
印　　张	13.5
字　　数	165千字
版次印次	2018年3月第1版　2021年1月第2次印刷
定　　价	59.80元

目　录

乡村血脉

一

穆桂英好不容易把太阳盼到了偏西。

草草泡了袋方便面，桂英开始精心包装自己。她把头发梳得油光光的，把脸蛋擦得香喷喷的，把嘴唇抹得红嘟嘟的，又描了眉毛涂了眼影儿，换上了鲜鲜艳艳的袄裤，打扮得像七仙女一般，然后跟娘说声"今晚要去给桂兰子做伴"，便早早跑到村外山口去迎着广来。

穆桂英是神仙沟的一枝花，追她的小伙子够车拉了，可她只看上了金广来，也说不出他哪好，只觉那小子跟别人不一样，只知那家伙勾走了她的魂儿。桂英跟广来搞对象，桂英她妈不乐意，说广来心高意大的样子，怕靠不住，怕桂英重走自己当年的路。又说属相不对，俩人难过好日子。桂英抢白她妈，说你是一朝遭蛇咬，十年怕井绳，哪就人人都是没长良心的！再说心高意大有什么不好？年轻轻的没个想头整天胡混那才没出息呢！又说什么年月了还讲属相，现在讲究星座搭配！桂英打小让爹娘惯得一宠性子，这会儿想管也管不了啦。

桂英跟广来好了一年多，她打算今年上秋跟广来把亲事办了，然后小两口携手并肩出去闯荡闯荡，见见世面，她不想一辈子都窝屈在山沟子里。可广来既不答应跟她出去，又没说清几时跟她结婚，特别是最近这阵子好像心事重重的，问他吧吱吱呜呜，见了她也亲热不起来，闹得桂英真有点木头眼镜看不透他。桂英担心扫帚顶门——出什么岔头儿，为了把广来抓牢，今天在迎接广来之前，她已暗自做出了一个大胆的决定……

县城每天通到神仙沟的唯一一趟班车回来了。桂英拦住司机，车上却没有要等的人，打听车上人也都说没见着广来。

班车过去了，桂英却依然等在山口。广来也许是搭顺便车回来的，也许正在黄旗镇办事呢，也许过一会儿广来就搭三轮子或摩托回来了……太阳还有一丈多高，桂英仍然充满信心。

往日里只怨时间太慢，但是这一刻太阳却跑得飞快，眨眼就擦了山。三轮子、摩托车倒是过去了两辆，却没有广来。桂英有些望眼欲穿了，她恨不得抛一根长长的线去把太阳牵住。

太阳终于向山下落去。余晖从桂英身上渐渐消逝，而茫茫暮色却如海水一样悄无声息却又不可阻挡地向她淹没过来。

桂英失望地往回走，眼里的光彩随着黄昏黯淡下去。如果这时抬头，她会发现在绿意初萌的东梁脊的探海石上，有一个她熟悉的身影正沐浴在如火的夕阳的余晖中。但是桂英没有抬头，她只是有些不甘心地不时回头望一眼。

东山顶探海石上的人正是穆桂英未迎到的金广来。

金广来不是从县城回来的，而是从赤城县坐了去榆林县的班车，又从榆林县坐车到梁东搭辆车回来的——从赤城县回来走榆林县要比绕红山县近一百多里地。广来在探海石上面坐了半个多小时。望着最后一抹火红的夕阳和被夕阳烤红的西山还有那热烈灿烂的云霞，广来心中豪气倍生，他恨不得立时就打开这东山修一条公路，拉近与城市的距离。打开东山修通一条通梁东的路，缩短运距，等于无形中增加了村办企业的利润，从近从远看都是有百利而无一害，广来无论如何也想不明白老爷子为什么会断然否定了他的建议。老爷子虽然独断专行，但也确实精明过人，他是早该看好这步棋的。

望着夕阳沉下山去，望着渐被炊烟与暮色遮弥的村庄，广来心底的一个念头越加强烈——老爷子真的老了，跟不上形势了，神仙沟该换个当家人了。这个当家人不该是别人，而应是雄心勃勃要把神仙沟带进一个新时代的金广来。他已把实现这个目标的时间从三年缩短为两年——再两年老爷子霍丙南就满六十了。

但是很快——具体说就是在一个小时后，回到家的金广来就又改变了计划。

广来到家，他爹金万库就把一个对他们十分不利的消息向儿子做了通报——村里这几天风传霍丙南到年底就要退居二线了。

这消息打乱了金广来的计划，也搅乱了他的心。

金万库倒了一盅酒，愤愤地攥起拳头，像个革命老一辈一样对儿子挥挥，说："小子，有种的就把印把子从霍丙南手里夺回来，给老子争口气！"说着叨了口菜，又对外屋喊，"快把菜热热！"外屋没人应，他就骂起来，"死老婆子又浪哪去了！"

金广来皱皱眉。爹娘感情从他懂事起就看出不是十分融洽，他不知那是为什么，不知两人是不是从成为夫妻那刻起就是那样，但他很讨厌爹对娘的粗暴无礼，他觉得爹对娘还不如对他家的牛。

金万库看出了儿子的情绪，指了他训斥："你甭瞧不起你爹，不是霍丙南捣乱，这会儿我不闹个县长也早当上镇长了！"

神仙沟人都知道金万库跟霍丙南是老对头。三十多年前两人是一起上去的大队干部，本来金万库是一把手，后来因为水平不抵人家，让霍丙南给压下了。可金万库心里从来没有服过输，指望有一天气候再变，神仙沟还是他金家的天下。谁知这回是东风一刮西风歇，先土地承包后改革开放，形势对善于经营的霍丙南越来越有利，他办酒厂开公司，如鱼得水，如龙入海，越扑腾越欢，越坐江山越稳，成了神仙沟的铁杆庄家。眼看重新上台无望，金万库就把报仇雪恨推翻霍家的希望寄托在了儿子身上……

金万库想起往事越发愤愤不平，见广来皱了眉要走，他沉了脸吆喝住，又倒盅酒讨好地端起来，哄孩子似的说："广来，你也喝一盅儿——喝一盅儿爹给你指个招儿……坐下，先坐下……"

广来犹豫了一下，坐下，接了盅又放桌上。金万库又倒半盅酒，咂巴咂巴嘴，挺智慧的样子摸摸山羊胡子说："我看明青那丫头好像对你有那么点意思……"

广来不言声。

金万库又说："要我说咱就就坎骑驴，从那丫头身上下手……"金万库就抻过脑袋，诡秘地嘀咕一阵。

广来听着听着站了起来："不行，那叫什么事，亏你想得出，你又不是不知我和桂英的事……"

金万库嘿嘿一笑:"小子,桂英那丫头模样不赖,可她是大姑娘养的,就怕她也是老猫房上睡,一辈随一辈儿。刘玄德不说了,兄弟如手足,娘们如衣裳……"见广来脸色难看,金万库又改口说,"你要真舍不下桂英,就跟明青假近乎,就像电影里头那什么地下工作者一样,等把村里的大权夺过来,你再把明青一蹬,跟桂英成亲不就结了!"

广来又摇头又摆手:"不行不行——那我成什么人了!"

"咳咳,傻小子,你年轻轻的咋死心眼子呀?大老爷们儿要干成点大事不耍点手腕行吗?刘备、曹操、司马懿,哪个不耍手腕?这会儿不就讲究个竞争么?争过了就是英雄,争不过就是狗熊,按咱的条件跟老霍家争,没点手段你不是家雀唱戏——瞎喳喳么!"

广来回到自己屋里,耳边响着他爹的话。虽然广来不承认自己跟霍丙南争权与他爹的复仇教唆有关,也有些看不起他爹外强中干张牙舞爪的做派,但他爹刚才的话却是号准了他的脉打动了他的心。现在已不是老老实实做人的时代了,而且以他现在所处的地位,如果不采取点非常措施,那霍丙南的大权绝对不会落到自己手上。可是,真要按爹的道道来,那他不光觉得下作,更不知如何对桂英交代得清——她那火烤毛性子,闹不好非跟他恼不可。

听得金万库骂骂咧咧出去了,肯定又是去搓麻将了。广来也没开灯,正枕着两手歪在床上反复掂量,恍惚觉得有人进了屋。广来当是娘回来了,可刚刚抬头,一个人影已飘到床前,一下子扑在了他身上,没容他出声,一张芳润滚烫的唇已封住了他的嘴……

广来先是吓了一跳,可很快他就知道了来的是谁。

广来心觉不妥，可又无力反抗。先是桂英搂着他，身子柔蛇一样缠住他，接下去广来情不自禁变被动为主动，两个人互相笨拙急迫地搂抱啃咬、摸爬滚打……广来残存的一丝理智终于在青春的烈火中灰飞烟灭……

那一刻广来像飘浮在很高很高的深邃神秘的夜空中，头上的月亮太阳般炽烈，有无数颗奇妙的星星在热烈飞舞……

情潮始落，广来马上就有些后悔了，本来就不好对桂英开口的话就更说不出口了。

桂英却乖猫一般伏在他怀里，抚摸着他娇嗔着："你也真狠……"

"桂英，我……"

"别说了！"桂英捂住了他的嘴，"我这原装的黄花姑娘你可是验收了，再想退货可没门儿了！"

广来听她说话声儿挺大，生怕爹娘回来，就悄声拦挡让她小点嗓门儿。桂英却故意说："怕什么？刚才你可是恶狼一般要把人家给吃了。今晚我就跟你一张床睡了！"

广来真怵了："桂英，那可不行，咱……咱还没结婚，影响不好……"

桂英要蛮："没结婚刚才你咋还那样儿？哦，这占完了便宜又想充好人呀？"

"桂英你快小声点儿，你……"明知桂英是逗他，广来还是禁不住着急发慌，情急之下以其人之道还治其人之身，用嘴堵住了桂英的嘴。

半晌，长出了一口气，桂英咯咯笑了，学着马三立的相声拍着广来说："别怕，逗你玩儿呢！"说着就起来摸衣裳。

桂英停了停，广来忽然唤住她，慢声说："你等等，我有话想跟你说说……"

桂英停了停，菜已剜进篮子似的不急不慌说："有话明儿说吧，待会儿回来人，你不怕我可还磨不开呢！"

二

金广来到村部去开会。坐落在村中心的神仙沟村党支部、村委会和村开发经销公司的三层办公楼是神仙沟最高级、最现代的建筑。广来上到三楼走廊，就听到了从老爷子办公室传出的摔牌声、叫喊声。

大伙都已习惯了老爷子的工作方法——开会商量事不拿文件不用纸笔，而是边打麻将边磨叨，村里或说公司的一些重大决定都是在麻将桌上做出的。此刻，市人大代表，镇委委员，村主任，兼公司董事长、总经理，被大伙尊称为"老爷子"的霍丙南正戴着老花镜叼着大喇叭筒卷烟，聚精会神抓着牌；跟他坐在一起的是村和公司的几个头脑人物，副村主任、酒厂厂长。老爷子的大姑爷——被称为"袁驸马"的袁显龙则坐在老爷子身后，跟老丈人伙看着一把牌。

尽管金广来放轻了脚步悄悄地进屋，老爷子还是抬起眼皮从老花镜上边看了他一眼。这一眼就看得广来越显心虚。

霍丙南当年当支书时鼓足干劲，组织社员开小片荒打山鸡、野兔卖，被当成神仙沟走资本主义道路的当权派，让金万库给鼓捣下去了。老话说三十年河东三十年河西，这话真是一点不假，到了八十年代不少地方都包产到户，金万库大骂那是辛辛苦苦几十年，一夜回到解放前，声称只要他攥着印把子，神仙沟就要保持社会主义不变色儿，坚决不允许单干风刮进来。可一棵树挡不住漫天春风，当年被他整下去的霍丙南瞅准机会，带领已经压服不住的社员们夺了支书的权包了田。几年后，霍丙南又操持着办酒厂。可这一回却无人应声喝彩。神仙沟里有一眼山泉，传说上古有两位游方道人路过此地，相中了沟中泉水，便在此结庐而居，潜心修炼，辟谷后只饮泉水。后来两位道人双双得道飞升，泉因神名，便被称为"神仙泉"；沟又因泉名，便被称为"神仙沟"。神仙泉与桃花沟的桃花泉一冷一热，为当地的两大名泉。神仙泉水质清纯甘洌，含有多种微量元素，是酿酒的上佳水源，早先沟内的两家小烧就已闻名全镇。本来小有盈余，可收归集体，成为队办企业后，就成了王小二过年——一年不如一年，到后来又成了姜太公卖面——只赔不赚，最后就垮掉了，到现在还背着信用社的债。所以一提村里重新开烧锅大伙都不看好。霍丙南卖掉了承包下放分得的半头驴，又把新盖的四间大瓦房押上贷了款，豁着倾家荡产也要把酒厂办起来，并当众亮出大话：厂子办成挣钱是村里的，厂子办不成砸锅算他霍家的。那会儿有人替他担着心，金万库那一支子则等着看笑话，不料酒厂从小烧锅起家，一年比一年发展，神仙沟的"老乡酒"也在赤城及全市各县占据了一份市场，甚至还销到了临近的内蒙古、辽宁。后来霍丙南在更新设备扩大规模的同时，又成立了公司，以白酒为主打产品，充分开发木材、药材、野菜等山野资源，馒头越蒸越大，小猪越养越肥，到如今村里已有了数百万的家底儿，成为偏远落后的黄旗镇乃至红山县的明星乡村企业，就是在市里也挂一号，霍丙南也就顺理成章地成为市人大代表、县优秀企业家、镇党委委员，一大串头衔听得金万库眼红心痒。更让金万库愤愤不平的是霍丙南全村党政经一把抓，不光是神仙沟说一不二的权威人物，连镇领导都当宝贝似的捧着他。

老爷子今儿召集大伙来是商量村里统一盖村民楼的事。说是商量，其实一般就是老爷子心里先定了砣，打麻将时再跟大伙透个气，就算通过了，别人甭说想不出比老爷子高的招儿，就是有不同想法也会白费唾沫讨人嫌。今儿也是一样，老爷子边抓麻将边说打算上秋动手。这事不是头回提了，基本上已经是定了的，大伙都说早动手早住新楼。只有广来闷声不语。

打了几圈麻将，会也就开完了。会开得顺利，麻将老爷子却输了，掏干了口袋还是欠了三十块赌账。大伙散时袁显龙未走，金广来却是老爷子留下的。

袁显龙在众人面前趾高气扬，好像神仙沟就是他家的一样，可在老爷子面前却是唯唯诺诺。凭良心说袁显龙把酒厂搞得挺红火，做买卖也是一把手，可金广来心里对他很反感。袁显龙留下来是跟老爷子汇报厂里人员调整的事，虽然他对老爷子毕恭毕敬，可对广来却显摆着一股傲气，又不时故作神秘地小声嘀咕几句。金广来坐得很不自在。

老爷子很耐心地听完袁显龙的悄悄话后，把他打发走了，屋里只剩了他和金广来两个人。广来越发不自在了。

虽然计划着要谋权夺位，可心底里广来对霍丙南是很佩服的，甚至还怀有几分感激。以广来的年龄资历，在村里本是出不了头的，况且他爹跟霍丙南还是对头，金万库指着儿子报仇雪恨也不过就是痛快痛快嘴，没想到头年霍丙南却出人意料地把干了两年酒厂业务员的金广来提拔为村民兵连长、酒厂厂长助理，今年还发展他入了党。金万库一边看破红尘地说霍丙南这是耍猴儿呢，他才不会给你实权；一边又激动不已信心倍增地鼓励儿子抓住机遇，使出吃奶的劲往上爬，争取早点掌神仙沟大权，有一番作为。但广来未敢奢望霍丙南会不避前嫌把他收到帐前左右，老爷子这样做，这既让他不解，也助长了他取而代之的野心。以前他保有野心没有作为，是被动地接受霍丙南的调摆，现在他已开始有预谋地进攻，心里就不免怀了鬼胎般忐忑不安，一时不敢正视霍丙南那仍然鹰隼般锐利的目光。

老爷子看了广来两眼，问他对盖村民楼有什么意见，广来摇头说没有。老爷子却似已看透了他的心："年轻人有话别藏着掖着，得敢说敢干。我像你这岁数时，胆儿大着呢，野心也大着呢，要不也不能两次把你爹拱下去。——金万库不还指着你给他夺印担子呢么，照你这绵蛇似的样子，除非我把位子让给你，要不你爹这辈子怕也遂不了心。"

广来让他说得脸上发烧血往上涌，忘了顾忌，站起来说应该把现有资金先用到提高质量、扩大销路上去，不该先盖村民楼。又提出该把老乡酒提上中央电视台做广告。老爷子说咱盖得起楼可做不起中央台的广告，广来说可以借贷款。"什么，借贷款做广告？"老爷子又吃一大惊。广来就告诉他说，人家有的酒厂还未生产就先投巨资做广告，酒也出来了名也出来了。

老爷子摇头说："小子，做买卖不是过家家，不能胡折腾，时时处处得小心谨慎，一步走不好就会翻车，咱想的是给大伙造福，可一不小心不光造不了福，反倒会造孽呀——老话说创业难，守业更难！"

广来又提到修路。"盖楼的事可以搁搁再说，修路的事不准再提，我说多少遍了！"说着老爷子猛吸两口喇叭筒，使劲吐出一大口浓痰。

广来走出老爷子的办公室，到楼梯口碰上从那面走廊过来的老爷子的女秘书艳丽。艳丽冲广来飞个媚眼小声说："广来，待会儿走，咱打几圈儿吧！"

艳丽是袁显龙不知从哪给老爷子淘弄来的女秘书，据说还是大学生呢。广来看她轻浮卖弄，心里不待见，可知道她与老爷子关系特殊，又不能得罪，当下便也赔个笑，说还有事。艳丽就伸手撩他一下。

出了村委大院，广来心里对老爷子的一丝感激之情已经荡然无存，他觉对这样自以为是的老顽固不必心慈手软。

出来后，广来鼓鼓勇气，要去找桂英把该说的话跟她说明白了。可走到当街却碰上了村里唯一戴眼镜的姑娘——明青正在猫腰摆弄她的小坤车，不禁心里一动，停下脚步打声招呼，蹲下一看是链子掉了，就伸手帮着安，明青的一双眼在镜片后就闪出亮光。

广来站起来，明青见他两手油污，掏出手绢儿递过去。广来忙摆手，明青推上车子，走两步，侧一侧脸随口说句："进屋去洗洗吧。"广来犹犹豫豫跟着走了几步，那边嘣嘣嘣嘣过来个三轮子，三轮子上坐着穆桂英。

广来拦住车，要跟桂英说话。桂英让他说，他又憋憋嘟嘟说一句两句说不清。车上就有人捅捅桂英，说人家要跟你说悄悄话呢。桂英也不成想有别的事，就说："有话等我回来再说，我要到姨娘家忙事。"说着还调皮地瞪他一眼，就叫三轮子开走了。

广来皱皱眉，回头霍明青已推着车子快进院了。他又犹豫了一下还是追了上去。

广来从霍家出来，正碰上袁显龙要进门。送广来出来的明青对她大姐夫十分冷淡，也没往里让就关了门。广来解释说明青姐的车子坏了，我帮着修修。袁显龙皮笑肉不笑地望望他，眼中却满含狐疑和警惕。

三

晚上，袁显龙在村部陪老爷子打了会儿麻将，四圈儿下来推说家里有事就让给了别人。

出屋走到楼梯口，袁显龙停住了脚，回头望望，没有下楼却悄悄溜到了西边走廊，在一个屋门口住了脚。袁显龙伸手轻轻敲了一下门，屋里没灯光也没动静。他停了停，转身要走，不想屋门却突然拉开，一个人伸手把袁显龙拉进了黑乎乎的屋里。

进屋关上门，那人就紧紧挂住袁显龙的脖子，踮起脚在他脸上急切地亲咬着。

袁显龙应了两下急，捧开那人的脸低声说："艳丽艳丽，今儿不行，我还得快走，别待会儿老头子过来……"

艳丽紧搂住袁显龙撒娇说："不嘛，现在我就要你！你这死鬼，把人家闷死了！快来吧你，那老鬼又得打一宿！"说着拖了袁显龙就往里屋去。

袁显龙脱身不得，又被艳丽滚热的身子摩擦得自己身上也起了电，进屋就把艳丽压在了身下，两把三把抹去了她身上仅有的一点织物……

一会儿之后，艳丽意犹未尽地还搂住袁显龙不放。袁显龙挣开她，边匆匆穿衣边问老头子这阵儿的动静。

艳丽不满地说："那老狐狸鬼着呢，谁知道他肚里装的啥心肠。——

我看你也是太心急了，我就不信他会把自己栽的树让外人去乘凉！"

袁显龙暗里摇摇头："话是这么说，可也大意不得，你不知有多少人惦着抢班夺权呢！"

艳丽用脚撩了袁显龙一下："你就知要当那个破土官，咱俩的事咋办？我可憋不起了！"

袁显龙拍拍艳丽的光腿安慰道："再忍耐几天，我出头的日子也快到了！"

艳丽两条赤腿夹住袁显龙的一条腿，浪声道："你用够了到时要把我甩了，可有你好瞧的！"

袁显龙脱出腿来敷衍说："哪能呢？你别瞎寻思。——你可注意点老爷子的动静，尽量掏他的心思。"说着悄悄开门，轻手蹑脚下了楼。

出了大院，袁显龙松一口气，同时又后悔起来，心想这十来年好不容易把霍丙南熬老了，自己是锅边的米粒儿快要熬出头了，如果为了一时之快让到嘴边的熟鸭子再飞了，那就太不划算了。他告诫自己：在从霍丙南手里接过大权之前，不能再跟艳丽有过头接触。

这么想着，袁显龙就到了家门口。可他却停住了脚步，不想进院。八年前，二十八岁的袁显龙从仅能温饱的梁西来到了户户年年能从村办企业分红利的神仙沟，娶了霍丙南二十九岁的大闺女明红。明红又矮又丑又憨又蛮，袁显龙配她谁都说屈，却不知袁显龙有他自己的目的。袁显龙来后对明红百依百顺，对老丈人恭恭敬敬，并适时显露了自己的才能，并很快取得了老爷子的器重，一步步熬到了今天这步。现在老爷子眼见六十了，虽然身子骨还硬朗，可中央都废除了终身制，老爷子也不能总压着他。这一段他一边放风说老爷子要退休他要接班，一边到镇里打点铺路。虽然村里像汪副村主任等人也是蠢蠢欲动，他表面上谨慎，心底里却坚信自己是老爷子唯一的继承人——村里这摊子虽是集体的，可也是老爷子抛家舍业一手创办经营起来的，他早把它当成了霍氏的家业；老爷子没儿子，二姑爷是城里人，明青还没男人，这份家业不传给他的亲姑爷还能给谁？

可越是临近胜利，袁显龙对家里那个他从来没有喜欢过的女人就越加难以忍耐，他尽量找借口躲避那个家。

在门口站了一会儿，袁显龙转身向霍家走去——老爷子这些年吃住都在村部，霍家只有三小姨子明青一个人。

可是袁显龙还未走到跟前，霍家大门却轻轻一响，一个人影闪出来向街那边走去。袁显龙心中生疑，脱口喝问："是谁？"

那人就停下脚。袁显龙追上去，借着院里的灯光认出那个人，不禁一愣："你——广来，你来干什么？"

金广来也没想到这时候碰见袁显龙，很有些不自然地解释："我来找明青……有点小事儿……"

"不是又来修车子吧？"袁显龙阴阳怪气。

广来尴尬笑笑，忽然反问："袁厂长，天这么晚了，你还没睡？"

袁显龙顿了顿，沉声说："我来找明青说点家庭内部问题。"

"哦，那你们说吧，我回去睡觉了。"说着，广来不待袁显龙再开口，赶紧脱身。

袁显龙皱着眉望着金广来的身影融进夜色中，方才伸手推门，可却没推开。再推，还是推不开。袁显龙知是拴上了，又软声唤明青，说她大姐有事找她。不料屋里不但不搭言，灯反倒又灭了。

袁显龙心里着恼，真想狠狠踢那门几脚。可抬腿他又压压火，轻声狠狠骂了句不好听的，悻悻走去。

袁显龙走远了，那边墙根下却又站起个人影，是金广来。

刚才广来本来走了，可走到墙根这他又多了个心眼，隐下身想听听动静。虽然袁显龙自觉神不知鬼不觉，可没有不透风的墙，广来也听得村里风言风语传扬袁显龙是一箭双雕，娶了姐姐又霸着妹妹。广来以前是事不关己，又见明青高傲孤僻，也不像不正经模样儿，也就没放在心上。今天见夜半更深袁显龙闯来，他不禁就想起那些传言——虽然广来现在对霍明青并非真情实意，可他仍是禁不住想看个究竟。见屋里灯灭了，明青没放袁显龙进去，广来松口气，这才回家。

可广来没料到，到了家门口一个人正在等着他。

虽然看不清，可他已知道那人是谁。他的心怦怦跳起来，一时不知说什么。

半晌还是桂英先开了口："你上哪儿去了？"

桂英记恨姥姥家差点没把娘逼死，跟姥姥家走动得不勤，倒是跟杨树沟她姨娘很亲，小时没少在姨家玩。桂英打算过个把月就结婚，结了婚就拉上广来出去，她去杨树沟是为了看看姨娘，给姨娘个喜信儿，同时也是要请姨娘给选个好日子——她姨娘顶着香呢。原只当三两天就回来，不想一去正赶上姨娘闹病，桂英跟着陪伴了半个多月，姨娘出了院她这才回来的，谁知回村就听说广来正跟霍明青搞对象的传扬。桂英不信，今早来找广来，广来却已下镇了，听说还是跟霍明青搭伴儿去的。桂英心里别扭，赌气不上村头迎着他，可晚上要睡了又噌地跑出来找他。广来没回来，她就在金家门口守株待兔。

“你是在霍家来吧？”没等广来回答桂英又逼问一句。

广来不能否认，他只是心虚地说：“桂英，我正想跟你说呢……”

桂英冷笑一声：“跟我说？跟我说你正跟霍明青鬼混呢？”

广来忙道：“桂英你别误会，这事我早就要跟你说，可……这一句两句说不清，你进屋我慢慢告诉你——要不明早我去找你？……”

桂英说：“甭用，我今儿个就跟你说一句话——日子我挑好了，下月初六咱俩结婚！”

广来不禁发急：“那不行！”

“什么，不行？”桂英也不由提高了嗓门儿，“跟我不行——那你真是要跟霍明青了？”

广来急得上前抓住桂英的手：“桂英，不是那么回事，你小点声，让别人听见不好！”

桂英跟广来一接触，身子就软了，心也就软了，另一只手就搭在广来手上柔声说：“广来，我知道他们是胡吣呢，你不是那样的人……”

广来不禁抱住她，在她耳边说：“好桂英，你相信我，我不会变心的，可……可我现在不能跟你结婚……”

“那得啥时候？”

“那——早着也得过了年。”

桂英沉默了。她连好日子都选定了，把喜酒也道下了，表哥还要来送她呢。

沉默了一会儿，桂英终于说：“行，你说要等，一年两年我随你——可你不能再跟霍明青瞎掺和，行不？”

广来心里发软，他觉得自己真的不该辜负桂英的一片真情，不该伤害这个痴情女子，他几乎要答应桂英了。可是抬头，村委会三楼的灯光像一只锐利的眼睛正在盯着他，又像嘲笑他，他耳边，又响起了爹的教导，他的心软不下去了。

广来松开桂英，搬着她的肩膀为难道："桂英，这不是一码事……"

桂英沉了声："那你跟霍明青到底是咋回事？"

广来说："桂英，这里边有原因，你要相信我……这一段，这一段咱俩还得……少接触……"

桂英有些傻眼："咱俩少接触，你跟她多接触？"

广来一看不说清不行了，拉了桂英就要进屋。不料桂英却一把甩脱他的手，连声追问："你快说，到底是不是那么回事？"

广来无语。桂英就带了哭腔："你、你——还真是离不开她了？我、我真是瞎了眼！"说着突然出手给了广来一个嘴巴。

两个人先是都僵住，接着桂英就哭着跑走了。

广来叫了两声追了两步，又无可奈何住了脚——他了解桂英的脾气，她正在火头上，又是三更半夜，只能明早去跟她解释了。

鸡都叫了，广来还是睡不着，他一遍遍问着自己他做得对不对，该不该，值不值。刚才他本来都要改变主意停演与霍明青的爱情戏了，可转念再想他这样做虽然有点不高尚，但却是竞争的需要，况且也没有抛弃桂英，只不过暂时把他俩的关系转入地下，推迟他俩的婚期。他不甘心像大多数沟里人那样稀里糊涂过一辈子，他也想过跟桂英出去，但以他的文化学识，他认为只能打工或摆摊，最多也就是个个体户；何况家里只他一个儿子，他的爹娘在沟里，他的根在沟里，以神仙沟现有的家底，能够给他一个施展抱负的机会，他也该报答生养他的家乡，他不能眼看集体家底落到袁显龙这样两面三刀的小人之手。而不跟霍明青拉近打入霍家内部，以他现有的力量就无法与袁显龙抗衡。这也算搞政治了吧？搞政治没有阴谋不行。他看过几本名人传记，爹的话也不能算错，人生能有几回搏，抓住机遇就会改变命运……

现在已是箭在弦上不得不发了——广来这样坚定自己的信心。

明天会跟桂英说清楚——广来这样安慰自己。

四

这一宿，霍明青也是彻夜未眠。

明青娘没得早，爹又整日忙着给村里办企业，除了供给她们生活来源外，很少能关怀她们的感受和生活，她又事事受两个姐姐支配和压制，养成了寡言孤僻的性格。长大后大姐嫁了袁显龙，二姐考上了大学离开了山村，而她也到酒厂当了会计。她本来就不善言谈交际，又是老爷子的姑娘，在神仙沟人眼里就如公主一般，再加上一副近视镜，就更给人以高傲冷漠难以拉近的感觉。明青二十三那年，同村的一个后生与她有了来往，两人刚有些意向，就被老爷子和大姐夫阻止了，老爷子还把那后生送去当了兵。从此明青更加孤僻，一般人很少接近她，就是对她有些想头的也自觉门不当户不对，不敢抻头，一来二去就拖到了二十七，明青成了一个冷冰冰的老姑娘。但明青的内心却十分孤独，十分渴望安慰，所以当大姐夫袁显龙在一个雷雨交加的夜晚仗着酒劲抱住她时，她只是浑身战栗，一点反抗的力气都没有，任大姐夫把她压到床上……之后明青觉得自己很下流，对不起大姐，从此也就越发孤僻，更难接近。

但是袁显龙再来时，她依旧无法反抗，反而拼命抱住他，狠命咬他。当袁显龙捂着冒血的肩头骂她是咬人的狗不露牙时，明青又趴在床上哭起来。她越是告诫自己不能这样下去就越是不能自拔，她常常从噩梦中惊醒，她害怕有一天没脸见人，她渴望能光明正大找个男人，哪怕他穷，哪怕他丑，只要能好好待她，她就知足。可她不知上哪去找那个人。还是头年，在酒厂金广来跟她打个招呼，对她笑了笑，那夜她就失眠了，从此眼前就时常浮现出广来的笑脸……

村里有多少姑娘羡慕着霍明青，背后也纷纷猜测她找对象的条件该有多高，可没一个人知道连金广来在明青眼里已经是可望而不可求的人了，所以与其说是她先追求的金广来，倒不如说最近这一段广来主动和她接近起来。当广来与她很近的时候，她有些怀疑那是她的梦、她的幻觉，有些不知所措，甚至有些怕。她不敢和广来对视，生怕他看透她的隐私。她既不敢一下子抓住这个她喜欢而又唯一肯接近她的人，又担心错过机会放过这个人，所以跟广来在一起她又兴奋又紧张，连身体都僵硬了一般……

昨晚她几乎记不清都跟广来说了些什么，只记得送走广来她就瘫在了床上，好久好久都像虚脱了一般。后来她又打了强心针一般忽地跳起，跑到镜子前摘下眼镜细细看起来。镜子里的人苍白的脸上透出了幸福的红晕，茫然的眼里闪出了亮光，只是过早爬上眼角的鱼尾纹让她心里一颤。从不打扮的她便忙着又洗又梳又擦又抹，擦了抹了不满意，洗了再擦再抹……

跟广来会有怎样的结局，广来是不是真心待她，金广来跟穆桂英是不是还好着——这些霍明青都努力不去触及，她只觉得这一刻对她太重要了，哪怕金广来抛给她的只是一只彩色气球，她也要不顾一切地抓住不放了。

啊，广来笑盈盈走来了，明青刚起身迎接，广来又怒冲冲而去。明青回头，她的身后正站着霍丙南和袁显龙……

咣咣的砸门声打破了霍明青又喜又惊的梦。

明青先还当是金广来，可跑到院里才刚醒似的认定那是袁显龙。她正犹豫，外边已响起了一个女子的尖叫："霍明青，你开门！"

明青听得像是穆桂英，有些意外，她们平时碰面连话都没什么，她来干什么？明青打开门，门口果真站着怒气冲冲的穆桂英。

没容明青开口，桂英就已指了她质问："你要脸不你？天下男人有的是，你凭什么单抢人家的？"

霍明青两眼在镜片后冷漠茫然地望着桂英。

"你甭给我装糊涂，你说，你为什么勾引广来？"

这时四下里已探出一双双眼睛。明青只觉一双双眼睛像刀子一样剥脱了她的衣裳，明青只觉自己已是赤裸了身子站在光天化日之下一般。明青的眼睛在镜片后凸股着，嘴唇哆嗦着。

"你说话呀！你说你们霍家有多霸道，连男人都要霸到你家去！"桂英见明青不搭拢，越发上了火。

明青突然冷笑一声，傲然道："是金广来自己追求我的！"

"啥啥啥——广来追求你？你也不撒泡尿照照你那白脸瓷瓜的样，广来才不会追求你呢！"桂英撇着嘴说。

明青犹如被一刀子猛扎进心里头，立时血往上涌，脱手狠狠给了桂英一个嘴巴，嘴里恶毒咒骂："你也配说人家？野种！"

穆桂英没料到霍明青会打她，更想不到明青会骂得这么一针见血。虽然她早就知道自己的身世，可从没被人这么当众扒皮揭短，当下她就疯了一般扑上去跟霍明青拼命，两个人就撕扯到了一起。几个回合，明青不敌桂英，被桂英推倒压在身下，旁边两个女人上前也劝说不开。

正这时，金广来跑来，气急败坏地叫她们起来，可两员女将战在一起难舍难分，没人肯听他的。

广来急了，上前使劲拽起桂英。桂英脸上带泪，衣乱头蓬，脸颊着火了一般，起来又冲广来张牙舞爪叫唤："金广来，她打了我，给你报仇了！"

广来又急又气地喝："你冷静点吧！"

广来本来早早起来要去把话跟桂英说开的，可到当街听到前边叫嚷，像是桂英，心说不好，忙忙地跑过来，可还是晚了一步。

桂英哪里冷静得下来，她一把甩脱广来的手，指了他叫："金广来，你别端了碗又看盆大，你说，你到底是跟我还是跟她？"

广来想不到桂英这样问，卡了卡道："你干什么你？这么撒泼耍蛮，你也不嫌丢人呀！"

桂英都气哆嗦了，直勾勾看了广来半晌，凄凉了声道："金广来，我认识你个陈世美了。——你不就是看上霍家有权有势了么你？你好好巴结吧！"

"你胡说什么你！"金广来怒吼。

桂英却满脸是泪地笑了起来，点指着广来说："我也不是嫁不出去了，凭什么让你这么寒碜我？我、我恨你一辈子！"说着捂脸大哭着跑走了。

"桂英！桂英！……"金广来叫着要追。

"广来，你进来，我有话说。"刚刚戴好镜片已摔裂的眼镜的霍明青面色惨白，神情怪异，对广来轻轻说了一句，便拂拂身上的土，先进了院。

广来愣愣，正在左右为难，转头忽见袁显龙正在人群后冷眼旁观。他咬咬牙，抬腿就进了霍家院子。

进屋，霍明青正在定定地望着他。广来想说几句安慰的话，可一时却又找不出合适的词儿。正这时，明青突然眩晕一般扑倒在他的怀里呜呜哭了起来。

广来吓了一跳，却又不能撒手，一时就僵住了。

五

金广来没想到事情会闹成这样，他知道他必须向桂英说清楚了。

但是找了桂英几次，桂英都不肯见他，反倒受了桂英娘几通奚落。广来只说等桂英消消气，可老爷子又派他去了趟赤城。来回几天，广来惦着桂英，归心似箭地赶回来，家都没进就先去找桂英。没想到桂英没见到，他倒被桂英娘赶了出来。

桂英赌气出走了。

广来失魂落魄往回走时，在当街让霍明青截住了。

被爱情之火燃烧得再也冷不起来的霍明青，跟广来几日不见如隔三秋，今天盼回了心上人，满脸是再藏不住的欢喜，两眼却又是泪汪汪的。她拉住广来就要去她家，全不避讳街上有人看着他们。

广来此时心乱如麻，哪有心思去她家，只得敷衍说这会儿累了。明青就让他晚上过去。广来心不在焉地应着，明青在后边还嘱咐："广来你可早过来，要不我找你去！"

晚饭广来也没吃几口，娘见他神色恍惚，怕他生病了，又摸头又要去找先生。广来只说是累了，就回到了自己房里。金万库不知趣地追来，说："我看明青那丫头这两天只到村头望你，你小子能耐不小，再加一把劲儿你就当上霍家的姑爷了！"见广来躺那不言声，他就沉下脸儿说，"霍丙南知道了肯定不干，我看你得干脆点，不行就把生米先煮成熟饭……"

广来忍不住了，冲他爹嚷："你烦不烦，真没劲！"

"咳咳，你小兔崽子还没爬上去呢就烦起老子来了？惹恼了老子把你们全轰下台！"说着金万库骂骂咧咧出去了。

桂英负气出走了，明青又假戏真唱起来，广来没料到事情严重到这地步，一时真有些家雀踩电线麻了爪，土地爷追蚂蚱慌了神。他后悔听爹的撺掇走出这步臭棋。桂英对他一片痴情，他对桂英也是一颗真心，就算没有那晚的夫妻之实，他也不会舍下她真去追求明青，何况桂英已把黄花身子都给了他。但现在他却把桂英深深地伤害了。可当机立断割断与明青的关系，那不但会前功尽弃，失去竞争力，而且连现在的地位也很可能保不住，并且还会深深伤害另一个无辜女子。接触时间虽短，广来却已很快发现明青高傲冷漠的外表包裹下的是一颗孤独软弱的心，不知为什么他甚至觉得孤零零的明青甚至有点可怜，她明知他与桂英有关系，可还是迫不及待地接受他，他真不忍心让她知道自己是在利用她。但广来也清楚，他和明青的关系保持越久，对她的伤害就会越深。

胡思乱想着天就黑了。广来本不想去找明青，可又怕明青真会来找他。一时想要对明青吐露实情，一时又想咬牙坚持把戏唱下去，广来就这么矛盾重重地走到了霍家门外。

屋里黑着灯，大门却开着。在门外站了半天，听得有人说着话走过来，广来方才进了霍家院。才进外屋，明青早已迎出来，停一停，又投进了广来的怀里。

广来机械地拥住明青，两人就那么亲近却不亲热地做着拥抱造型。

好久，明青拥着木偶般的广来进了里屋。广来伸手，却被明青握住，喃喃说："别开灯，我怕……"

广来也毛了，心咚咚跳起来。

"广来，谢谢，谢谢你对我好……"明青有些沙哑的声音响在耳边，却又显得遥远，不真切。广来不知该说什么。明青的身子冰凉，握着广来手的手心却是汗津津的。

终于，有温凉的"雨滴"掉落到广来手上，同时广来听到了低泣。广来轻轻抚着她微微战栗的身子，却是什么也说不出。

"咱们、咱们……结婚吧，我真想有个……有个家呀……"明青终于说出了这句话。

金广来好像什么也听不到，什么也感觉不到了……

第二天，广来来到厂里，袁显龙面色阴沉地挑他的毛病。广来先还忍着，可袁显龙越闹越凶，说话带刺儿，广来到底是年轻人，终于忍不住跟袁显龙干了起来。袁显龙目的就是挑事，这下立时大喊大叫起来："你豆儿大的孩毛子野心还不小呢，巴结明青怀的什么心，当老子看不出？你还嫩呢！"

广来顶风上："我跟明青咋着是我们俩的事，你干涉不着！"

袁显龙无耻笑着说："小姨子屁股有姐夫一半儿，我管不着谁管得着？你爹当年顶不是人，老爷子不记前仇拿你当个人看，你要还想在神仙沟混，就给我老老实实眯着！你要再蹬鼻子上脸，老子立马让你滚蛋！"

广来愤怒了："袁显龙，你才来神仙沟几天，就作威作福了？纯粹是狗仗人势！"

袁显龙大怒："老子甭管来了几天，你们都得听老子的！"

广来气得脸色红紫："袁显龙，这是共产党的天下，不是你袁家霍家的！"

袁显龙逼近一步，阴阴一笑："谁家的也好，从现在起你被开除了！"

广来眼里冒火，真想上去狠揍袁显龙一顿。可拳头攥得嘎巴嘎巴响，广来还是忍住了。他扭身就走，走两步又瞪着眼直奔回来，袁显龙不禁退到屋门口。可是广来并未冲他去，而是进了会计室——袁显龙的蛮横羞辱突然促使他做出了一个决定。昨黑夜明青说要跟他结婚，他说不出话来；他要走，明青不放，他就陪她坐到了黎明。那会儿他很为难，而现在他却不顾一切地下了决心——他要跟霍明青结婚。

外边的吵嚷霍明青听得一清二楚，连同室的小赵都听不过去了，可明青却像跟她一点关系没有一样漠然处之。广来跑进来，喘着粗气说："明青，我要跟你结婚！"

明青站起来，一脸冷漠地起身往出走。广来拦挡，明青推开他的手出去了。广来愣了愣，追出来，袁显龙在门外撇嘴瞪着他。

一直走出酒厂，广来方才打开了手中的皱团儿——那是刚才明青出屋推他时塞给他的。

神仙泉在村后东梁水泉沟。沟不深，泉水在那汇成一小潭，然后成溪流出来。傍晚时分，金广来到了水泉沟等着霍明青。

霍明青塞给广来的纸条上只写着一句话，叫他晚上到水泉沟等她。袁显龙的无礼和霍明青的异常让广来猜测到事情不妙——明青受到了巨大压力，他的计划受到了严重阻力。

袁显龙肯定不想，最起码是现在不想让明青结婚，以保证他霍氏家庭唯一接班人的地位不受威胁；而明青受到的重压则说明了霍丙南的态度。霍家越是不肯接纳他，广来就越觉得霍明青是他打入霍氏家庭实现夺权目标必须经过的一座桥梁。现在他不但决心应允明青，甚至想照爹的教导来个快刀斩乱麻，让他与明青的关系有一个实质性进展——生米煮成熟饭，霍丙南袁显龙再浇多少凉水也晚了。他努力不去想桂英——一想桂英他就再鼓不起勇气，更不知怎么办。

天渐渐黑下来了，天上现出了几颗星，山上有虫鸣。刚刚下定决心的广来转念又想到，老爷子说一不二惯了，他既然对自己没好感，如果拧着鼻儿娶了明青，那样很可能不仅得不到他的重用，反而会更激怒他，那样自己才是赔了夫人又折兵，鸡飞蛋打什么也落不着。真到那步自己该咋办？难道还能抛弃明青再找桂英吗？

广来出了一头冷汗，他觉得自己做了一件天下最蠢的事。他不想再等明青了，他想逃跑了……

可是走了两步他又想无论如何应该等等明青，她现在遭受家里的重压，如果来了再见不到自己，她会全身心绝望的……广来走三步退两步，他真希望明青今晚上不会来了。

但是抬头，不远处已有人影慢慢走来。

广来一点主意都没了，他来回焦躁地走了两步，然后一屁股坐在了石头上。这一刻他觉得自己又蠢又无能，根本不该跟霍氏家族争权夺势。

不急不慌的脚步越来越近了。垂头丧气心乱如麻的金广来没有听出脚步的异常。

脚步停住了，广来忽然闻到了浓浓辣辣的旱烟味儿。他诧异地抬头，不禁倒吸一口凉气——借着那粗憨的烟火，他看出来人不是明青，而竟是……

"是你——"广来脱口说出半句话，早已忽地坐直身子，身子却不禁向后倾躲着。

"是我，没想到吧？"老爷子吐口浓烟，慢悠悠用他的沙哑嗓似答似问说句，烟头火儿映出了他脸上一丝狡黠的嘲笑。

金广来又说不出话了。

老爷子抽了两口烟，单刀直入问："你在跟明青瞎掺和？"

广来挺挺身子，定定神，提提气，尽量平稳了声音答："我、我们在……谈恋爱……"

"哦。可你不是跟穆家那丫头打得火热吗？怎么一头又贴到明青身上了？"

广来又没了声。

老爷子笑笑："你挺有辙呀。——是你老子给指的招儿？"

广来不爱听："我们自己的事，不用别人指招！"话说出来，广来也听出了语调中的不恭，以前他从未用这种口气跟老爷子说过话。

"明青是我丫头！"老爷子也沉了声，"我来就是告诉你——不准再跟明青往一块凑！"

老爷子吐口唾沫是颗钉的口气往日里广来也是听惯了的，但今天听起来却觉格外扎耳朵。尽管刚才他还要逃避明青，可现在广来却又被老爷子的专横激怒了："我们在不在一块那是我们的自由，任何人无权干涉，甭管他是谁！"

说完这句话，广来就知一切全完了——他爹和他的抱负。

老爷子不说话，只是大口吸烟，一张脸阴沉异常。这一刻金广来已经追悔莫及了——他处心积虑地接近明青是为了啥？得罪了霍丙南他所做的这一切不都毫无意义了吗？广来觉得自己幼稚得可怜。

但是出乎意料，老爷子并未勃然大怒，而是转口问道："金广来，我问你，你是真的看上了明青吗？"

尽管是在黑夜，广来还是感觉到一双鹰隼般的眼睛在看着他，像已看透了他的五脏六腑。广来的嘴动了动，他本该说他和明青是真心相爱生死不渝永不变心，但他终于没有说出来，广来恨自己没有卑鄙到家。

老爷子冷笑道："电视里不天天情啊爱啊，我老头子都能学几句，你咋不说呢？"

广来觉得自己像一只剥去毛皮的小猴子展览在猎人面前。他觉得在老奸巨猾的老爷子面前自己不堪一击。

老爷子忽然手搭在了广来肩上："广来呀，你还是嫩呀。年轻轻的不能一条道摸到黑，你想想，我要相不中你，就算你跟明青有了名分我又能给你什么呢？"

广来哑口无言，老爷子又拍了拍他的肩："我知道你想要的是什么，别看金万库跟我不对头，可只要你是个人才，我就不会让你瞎巴了！"

金广来有些丈二和尚摸不着头脑了。

六

谁也没料到，跟袁驸马干了一架的金广来不但未被开除，反而被老爷子由民兵连长、厂长助理提升为副支书、副村主任、酒厂副厂长。

正巧到村里下乡的镇领导称赞霍丙南，是举贤不避仇，而袁显龙明白这是金广来放弃追求明青得到的报偿。袁显龙明白老爷子这步棋是为了稳住姓金的，同时也防止了村里大权全让霍家把持的口舌，搏了个任人唯贤的美名，招数得说高明，生姜得算老的辣。只是他认为不该给金广来那么多，他袁显龙为村里干了这么多年，倒还顶不上个胎毛刚褪的金广来得重。袁显龙也劝阻过，可老爷子却说下棋不能只看一步两步，又说给金广来挂多少衔不也是副的。袁显龙不由不点头，可他仍是见了金广来就不舒服——与其说金广来在跟霍丙南竞争，不如说在跟他袁显龙竞争。霍明青不是美人，也不善风情，但她是他袁显龙的小姨子，他袁显龙动得别人动不得。这些年牵扯住明青不让她嫁人，除了是为防止竞争对手增加外，他也不想过早放弃她——她毕竟比她大姐年轻耐看，在眼下他还不敢明目张胆享受生活时，霍明青无疑是他安全又便当的解闷儿工具。金广来敢动明青固然让袁显龙恼怒，而金广来与他动一样的心思又让袁显龙感到了很大威胁。幸好他早来了八年。袁显龙并不掩饰他对金广来的厌恶，虽然金广来已被提拔为副厂长，可他却什么权也不给广来。

金广来此时却顾不上跟袁显龙理论，他现在最迫切的是要找到桂英。桂英娘没告诉他桂英去了哪里，广来又去求桂英爹，从穆成林那方才知道桂英是跑到赤城找她表姐去了。

广来请求了老爷子要去赤城，明里是公事，暗里是为找桂英。老爷子提拔他，除了要他绝对不能再跟明青来往外，还有一个附加条件就是让他放弃桂英，理由和金万库不谋而合，也说大闺女养的闺女靠不住。广来不明白老爷子为什么管得这么宽，但现在他已犯不着跟老爷子对着干，跟他来个阳奉阴违就行。桂英在家时广来一门心思都在投机钻营上，并没觉出什么，现在桂英走了，他突然感觉到了自己离不开桂英——没有桂英，即使得到了他渴求的全村大权，心里也会空空荡荡的。广来觉得自己也许根本就不是干大事的料。

广来要走时，又被老爷子带到了黄旗镇，把镇农行营业所方主任介绍给广来。说了会儿官面话，方主任就请老爷子他们去他家喝酒。广来推辞，说还要赶班车，老爷子摆手说："去吧，喝完酒坐咱的车去。"广来只得随跟着去了，可心里还纳闷儿，村里那破吉普虽然快报废了，可老爷子还当宝贝似的，袁显龙建议了几回他也不肯换辆好点的，自然一般也不肯派给别人坐，今天要让自己单独带车去赤城更破了例。

到了方家，席间出来两个女人，一个是方主任的妈，另一个叫方玉荣，矮矮胖胖二十六七，是方主任的亲妹子，长得倒也不忒难看，可大绿袄健美裤加上三钱厚的白粉就把个姑娘给糟践了。娘俩说是给客人满酒，可四只眼睛却上下左右直冲广来扫射，又问生辰又问属相，闹得广来不由不发毛。

酒喝得差不多时，老爷子冲广来使个眼色，广来跟着出来。溜达到大门外，老爷子告诉广来，说这方主任年轻有为，副县长是他表哥，市行里有他同学，他回镇来也就是锻炼锻炼，将来就是咱县的财神爷。又说搞买卖就跟在荒野里走路一般，刚才还晴天老日的，转眼可能就是风雨——这时有个靠山靠一靠，这一关你过去了，再走又是个艳阳天；这一关你顶不过倒下了，也许再就起不来了。老爷子瞅着广来一字一顿说："啥是靠山——钱是靠山！"见广来半黑半白的样子，老爷子又伸手搭在了他的肩上，语重心长道，"刘玄德说兄弟如手足，妻子如衣服，这话现在对不对不说，可说到媳妇，也就那么回事，男子汉干点事，就不能在女人身上打黏糊仗，明红面相差，可显龙那小子要人才有人才要心计有心计，他为啥肯……方玉荣是憨点，可有福相，能旺夫，我要有小子就要她当媳妇！"

广来仍然一副懵懵懂懂的样子。

喝完酒，要走，方主任就问车里有没有地方，他妹子想搭车到市里买衣服。没等广来答话，老爷子就已满口应下，方玉荣就兴冲冲先上了车。方玉荣她娘拉着手嘱咐广来说，小荣愣，不管不顾的，要广来好好照顾。临上车，老爷子又意味深长对广来说句："要抓住机遇呀！"

这时广来明白了，老爷子方主任他们是早设好局了。

出镇不远，方玉荣说坐前边晕，到后边换到广来旁边坐了，脸上擦抹的不知是啥霜啥蜜，熏得广来透不过气来。广来不是傻子，当然知道霍丙南的意思。他虽一时想不明白霍丙南为什么会给他张罗开媳妇了，但他相信这不会是什么便宜事，老奸巨猾的霍丙南一定有他的目的，甚至这里边隐含着什么阴谋。

方玉荣直往广来身上靠，也不避讳开车的小黄。广来悄悄挪开身子，方玉荣却又追过来，后来竟还抱住了他的一只胳膊，把涂满霜膏粉蜜的胖脸幸福地靠在了他的肩膀上。广来暗自皱眉。又走了一段，广来就叫停车，他下去转了一圈，上车就坐了前边。后边方玉荣就噘起了红红的厚嘴唇。

到了赤城，先办了村里的事，出来广来就想转转去找桂英的表姐，可方玉荣嚷着肚子饿了，要吃饭，广来只得先去了他们常去的办事处对过的塞北春。

都是熟人，老板把广来他们迎进去，进了雅间。那大地方，方玉荣却把椅子挪到广来身边，一身肉直劲往广来身上堆。正这时，小姐来请客人点菜，一进屋却愣住了。广来抬头，见这小姐竟是桂英，一时也愣住了。

愣怔片刻，广来忽地站起惊喜地叫："桂英！"把方玉荣闪了一侧歪。因有黄旗的客人，桂英是老板特意打发来的，过来时她还止不住心里咚咚跳，不知来客有没有广来，不知是想见广来还是怕见广来。待到撩帘一见对面当真坐着广来，她心里不禁一喜，可待看清广来身边还偎着一个胖姑娘时她立时又肚里泛酸。这一酸又勾起了她对广来的怨恨，眼前的广来便面目可憎起来。她强忍住泪，摔下菜单，扭头跑出。广来叫着追出来，一直追到后厨房，引得几个客人和小姐又躲又看。桂英回身冲广来叫嚷："你跟着我干什么？"

广来急着说："桂英，我是来找你的，我……"

桂英挂着泪冷笑一声："找我？找我干什么？你左拥右抱的还不够哇！"

广来急了："桂英，你误会了，我……"

话未说完，屋里追出了胖姑娘，粗着嗓子问："广来，她是谁？"

广来抬手推她一把："你快回去吧，没你的事！"说着话回头再找桂英，桂英却已跑到了后院。

方玉荣还直劲追问桂英是谁，又有人在旁看着，广来追上去不好发火又不好讲，这时司机小黄跑出来拽他进屋，广来也只得就坎儿下驴。

进了屋，方玉荣还在酸溜溜追问桂英到底儿是谁，跟广来什么关系。广来张张嘴，又强压下火扭脸不理她。几个人胡乱吃了饭，广来强忍住没有马上去找桂英。

回到办事处，广来让小黄带方玉荣去买衣服，可方玉荣硬缠着广来陪她去。广来哪有那心思，还是小黄把他拉到卫生间建议说："广来，她哥可是咱的财神爷，老爷子都哄着他们，这关系可不能闹僵了！"广来知道小黄说得不假，又知这开车的是老爷子身边人，做蜜也是他做醋也是他，想想，还是不情愿地叫小黄开车上了街。

到了商场挑衣服，那胖女子还非要让广来替她挑选，广来只得耐着性子红着脸胡乱敷衍她。好容易陪着方玉荣买好了衣服，天也就黑了。广来找个借口溜出来，跑到塞北春去找桂英，可老板说桂英刚才请假走了，可能到她表姐那去了。广来再打听，老板也和穆成林一样只知桂英表姐是开发屋的，不知在哪和发屋名字。广来出来，打的找了二十几家美容美发屋也没找到，看看天也晚了，只得回了办事处。

办事处在这家旅馆有一个包间，又给方玉荣开了个房间。广来回来时，办事处的老赵和小黄、方玉荣正在包间看电视，见他回来了，小黄和老赵就要走。广来问他们干啥去，小黄说要去打麻将，打完待会儿就不回这屋睡了，说着冲广来挤挤眼就拉着老赵出去了，还把门给带严了。

屋里只剩下男女两个人，广来有点不自在。可方玉荣却没走的意思，又问他刚才干啥去了，又问他搞过几个对象。广来压着不耐烦应付她，过会儿见她还不走，就过去歪在床上眯起了眼，半晌听得窸窸窣窣声响，睁眼却见方玉荣正解衣服。

"你……你要干什么？"广来吓得忽地坐起，语不成声问。

方玉荣细着粗嗓子挑着浓眉说："我试试衣服让你看看。"

广来要拦，可方玉荣已麻溜地脱下了外裤，只剩下一条粉秋裤裹着两条粗憨的大腿。广来一阵心慌，赶忙下地去打开门，可把门打开一条缝广来更觉得不合适，忙又关上，回头方玉荣已提溜着新裤子问他好不好看。广来说着好，却是有些不知所措。那方玉荣倒不慌不忙，试了裤子又试袄，一会儿又要试裙子。广来擦着汗急道："这还没到夏天，你也不怕感冒！"

方玉荣含情脉脉望了广来说："你倒挺会疼人呢！"说着听话地放下裙子。

广来刚松一口气，方玉荣却又脱鞋上了床。广来忍不住了："你那屋不是也有电视吗？"

方玉荣说："我不爱看电视。"

广来就使劲打哈欠。方玉荣说要困就睡吧，说着伸手按灭了灯。广来火了，低喝道："你干什么你？"

玉荣痴痴笑了说："我看你脸皮儿还挺薄的……"

广来上去开了灯，指了门口恼怒道："你、你快上你屋去！"

玉荣说："我一个人害怕，我一个人睡不着！"

广来想骂她不知耻，可总是骂不出口，压压火，粗着嗓子压着声说："方小姐别闹了，快请回屋睡觉去吧！"

方玉荣坐起来，嘟噜了胖脸说："你干什么你，装什么正经？你不是跟我来旅行结婚的吗？"

"你胡说什么？"

方玉荣气呼呼说："谁胡说了，你不是上我家相亲的吗？我妈也相中了你！你不愿意？不愿意你领我出来干什么？"

金广来觉得自己掉进了陷阱，他慌急摆手："没没没，根本不是这么回事！"

"你、你要赖！"方玉荣一脸凶相忽地向前一扑，吓得广来不禁退后一步。玉荣又缓和了声儿说："你是怕我欺负你吧？你放心，别看我哥是主任，我表哥是县长，可我会对你好……"

广来完全明白了，霍丙南为了拉关系找靠山，把自己当礼送给了方家。他突然怒不可遏起来，指了门口大叫："你给我出去，你给我滚出去！"

方玉荣惊诧地望了金广来，还要说啥，可广来又过去拉开了门。方玉荣终于趿着鞋又羞又怒地骂着什么跑出去。

广来吭地使劲关上门，站了半天，然后抱头跌坐在沙发上。

第二天，桂英仍未到塞北春上班。广来让小黄拉着几乎找遍了全城的发屋，终于在都来美发屋找到了桂英的表姐。但桂英表姐说桂英没回她这来。广来见她也很着急，不像说假话，就问桂英能到什么地方去。桂英表姐说桂英没来几天，不认识什么人，城里又没别的亲戚，除了这她没什么地方可去。

广来垂头丧气出来，猜想桂英是故意躲着自己，又开车在大街小巷胡乱转了半天，指望还能撞见桂英。但这回却没那么巧的事。回到办事处，广来本打算先让小黄拉上方玉荣回去，自己再找找桂英，把话说开劝她回去，可老赵说老爷子来了电话，让广来赶紧回去，说有急事。

坐在回去的车里，广来的心却仍在赤城，他猜测不着桂英到底去了哪里，他深深为她担着心。

七

金广来焦急寻找桂英的时候，穆桂英正经历着一场劫难。

一盏昏花的油灯照着昏黑的土屋，一个嘴角带血头发披散的女子被绑住双手堆缩在屋角，一个辨不清年岁的瘦小汉子蹲在炕沿上，抽着烟袋，定定地看着那女子。

那女子就是穆桂英。

桂英负气从家里跑到赤城后，只说再不见金广来，可又如何能够忘了他？她到塞北春当小姐，也还是为了等广来。没去两天还真是把广来等来了，本来有望重归于好，可偏偏又碰上了那场面——就那么个丑女子广来还公然搂着抱着，他不知干了多少不知耻的丑事呢！这么一想，新仇再加旧怨，一时间桂英就恨死了金广来，她再也不想看他一眼了。

桂英跑到街上，一时间心灰意冷，面对茫茫人流，只觉得自己是那么孤单无助、凄凉无依。她正独自流泪，身后忽然响起一声轻柔关切的询问："妹子，你是找工作的不？"桂英回头，却是一个面目和善打扮普通的中年妇女。桂英边摇头边擦泪。那女人很失望地叹了口气，又搭讪问："妹子，你咋了？有啥难事儿跟我说说，看大姐能帮你不？"桂英摇头，可经人这一问，委屈伤心的泪水早又忍不住淌下来。女人上前拉着手劝她："别哭了妹子，年轻轻有啥想不开的？要说难事我比你经的多了，挺一挺就过去了……"桂英虽然一时止不住泪，却不免对那女人产生了好感。

说了会儿，那女人就直看表，又随口说："我要不忙你就到我家去，我好好开导开导你，可是……"桂英感激地说："大姐你忙去吧，我没事！"女人说："要说我还真是忙……"女人告诉桂英说，她家开着一家食品店，今天要去平城那边进货，可婆婆刚巧病了，丈夫走不开，她就出来想雇个帮手。桂英听得心里一动，张张嘴又把话咽了回去。那女人着急地说："往日这块儿找工作的不少，今儿我要用偏又没了。哎呀，车快开了……妹子，大姐有句话，行呢更好，不行你也别为难——你看你能帮大姐个忙，跟我跑一趟不？"桂英沉吟不语，女人又说："其实我一个人也行，可这会挺乱的，我又带着钱，一个人不安心，没个照应……"桂英咬咬唇说："那，我跟你去！"女人喜出望外，直说感谢话，又说要多加钱。桂英摇头说不要那么多，她现在心里堵着一口气，不想回家不想见熟人，只当出去跑跑或许能透口气。俩人说好了，那女人忽又问桂英有没有身份证。桂英摇头说没带，女人想了想，果断地说："没带就没带吧，看你也不是不本分的人。——妹子呀，不是我多心，这会儿真是啥人都有，我就为轻信人吃过好几回亏！"女人这么一说，桂英对她一点也不怀疑了。桂英要去告诉表姐一声，女人说车要开了，又说三天就能回来。桂英也怕表姐拦挡，人家又急，就随女人上了去山西的车。

　　桂英随着女人在一个不知是县城还是镇的地方下了车，在一个饭馆，她喝了女人买来的一瓶饮料，一会儿就失去了知觉。

　　醒来的时候，桂英已在这家炕上了——人家告诉她，她已被这粗人用五千四百块钱买下了。

　　犹如晴天霹雳，桂英先是惊呆了，接着她就要走，那家拦挡，她就大哭大叫，结果被老三打了一顿，又捆了起来。

　　悲愤过后，清醒过来的桂英已顾不上后悔了，她在使劲想办法。可到了这一步，她一个都不知自己被卖到了什么地方的孤身弱女又有什么办法可想呢？

　　见这家老大还挺老实，桂英抓住机会低声向他求告。老大叹口气："为你，我们卖了三头牛十好几只羊，这是我们整个的家业……我们哥仁儿，却眼见要绝户，我娘眼都哭瞎了……"

　　桂英就说要放了她，她一定想法补上他家的钱，老大只是低了头叹气。这时，那屋里跟瞎老娘商量谁要这媳妇的老二老三进来，说娘叫他们哥仁儿抓阄儿呢。

　　老大闷了半天说："你俩抓吧！"

　　老二说："娘叫咱仁抓。"

　　老大摇摇头，不再言声。老三说那咱抓，老二犹豫了一下，说大哥不抓他也不抓。桂英又愤怒起来："你们就没有姐妹吗？我是人不是牲口！"

　　老三凶恶地呵斥桂英，桂英不服，说要留她也行，但得正经八百娶她。

　　老三冷笑："你甭动心眼儿，到了这，你就甭想跑！"

桂英说："到这步我回去也没脸见人了。你们要是对我好，这辈子我认了，好歹也是活么；你们要是不讲理，我就死，让你们人财两空！"

老人问她要咋着，桂英说："一要让我自己选男人，抓阄儿我不干；二要办喜事，不清不白我不干！"

老大不言声了，老三说："到这由得了你？再吵吵我先收拾了你！"

老大拉拉老三，想想说："我们也实在是没办法，这才花钱买了你，谁也不想娶个媳妇哭哭啼啼的，你真要能好好过日子，我宁愿给你磕头。我们好歹也做回人，挣不来家业，再不留个后，对不起先人啊！"

桂英忙就顺杆儿爬："我也是苦家的人，好人家也到不了这，只要你对我好，我有良心。——可你们得先解开绳子吧？"

老大就给她解开绳子，老三威胁道："你要敢跑，我先打断你的腿，再养活你！"

桂英舒展舒展胳膊，又说饿，吃了一个馒头。老三就追着她选，又说不管选谁，今晚上都得圆房。桂英说不行，老三凶道："不行也得行！"到这时桂英不敢跟他硬顶，过会儿又说要解手。老三要跟着去，桂英就高声大嗓叫："我要挑上你哥就是你嫂子，兄弟能跟嫂子上茅房吗？"

老三说："你说啥也白搭。"

穆桂英说："那我就在屋里了……"

老三说："那我给你拿盆儿去。"

老大说："还是让她出去吧。"

　　桂英出来，破院石墙黑乎乎的，不知茅房在哪。紧跟在后边的老三让她就在院里，桂英不肯，走出来。院东就是山坡，老三指指前边一个土坎说："就在那吧。"桂英说："你不许过来！"老三冷笑一声，停了脚。桂英到土坎下，借着星光边解手边打量，见村子好像不大，只能见到几盏灯光，四周的山似乎没有家乡那边的高陡，也好像没什么树……桂英心里凉凉的，刚才她强迫自己吃了点东西，好有力气逃跑，可看这环境，能成功的把握太小了。但无论如何她必须跑。桂英系上裤子刚想行动，回头却见身边不到五步站着一个粗蠢的人影……

　　桂英不得不又走回了那个破院。迈进土屋那刻，桂英觉得她正跌向一个无底的深渊……

　　进屋老三又问桂英想好了没，桂英低声下气问等到明天吧，老三蛮横地说不行。桂英带了哭腔叫嚷："我来例假了！"

　　老三对两个哥哥说："甭听她的，咱抓阄儿吧！"

　　找不到纸，老三就从门框上撕下条对子纸，再撕成三小块儿，又拿木炭在一块儿上边画了记号，然后团成三团，放在一个破帽里摇晃起来。桂英哭叫自己有肝炎肺炎胆囊炎也没人再理她。

　　六双眼紧盯着那个破草帽，可谁都没先伸手。

　　老三说："大哥，你先抓！"

　　老大抽了几口烟，伸手木然抓了一个，并不打开，可叼着的烟袋却在打着战。

　　老二把那两个拨拉了半天，挑定一个，闭了眼打开，睁眼却是空白的红纸。他立时白了脸默默地退了出去。

　　老三拧着眉抓起最后一个纸团，咬着牙打开，黑炭十字画在上边。

老大点点头，说："兄弟，咱家就指望你了！"对桂英说句，"弟妹，我兄弟脾气赖，可能吃苦，能受累，跟他好好过吧！"说完就捏了烟袋佝偻了腰身出去了。

桂英最后一线希望就是别让老三抓着，那样她也许还能拖延时间想法逃走，可越怕鬼她越落到了鬼手里。望着炕沿上那张画着黑十字的红纸，桂英绝望了。

老三默默站了一会儿，然后重重地转过身来。

桂英的心仿佛已停止了跳动，她感觉末日已不可阻挡地降临了，她已有些昏然麻木的头脑在努力寻思着什么方法可以死。

老三说："走，过去给我娘磕头去！"

桂英要说死也不去，可嘴唇还没来得及动，就被老三抓着胳膊拽到了东屋。

那哥俩不知躲到了哪里，屋里没有点灯，炕上盘腿坐着一个人，烟锅一闪一闪照着她满脸的皱纹和一双空茫的眼。老三拽住桂英扑通跪下，说："娘，我们给你磕头了！"

老婆儿的脸在抽搐，脸上有泪光闪现，半晌说："我死也合上眼了！丫头，好好跟我们过吧，人在命呀，好也一辈子，歹也一辈子……"

老三磕完了头，起身又往起拽桂英。刚才不肯低头的桂英这会儿却说："等着，我还没磕头呢！"说着真的磕了一个头。

磕了头桂英还不肯起来，嘴里就说："我也是苦人家长大的，我不怕吃苦，可你们得保证对我好！"

老婆儿说："好好，我看不见，可也听得出你是个好闺女，老三要不好好对待你，我也不干。——来，让我摸摸你……"

桂英就起来让老婆儿摸了一会儿，然后对老三说："咱走吧。"

老三就头前走，眼睛已适应了黑暗的桂英看见靠门口有个桌子上面靠这头有个东西微微反着光，出门时她轻轻而又紧紧地抓住了那东西——那是一个大碗。

走出门来，老三扭头，桂英已别无选择了，她使出吃奶的力气猛然举起大碗狠砸下去……

啪一声，碗碎了。

桂英冲出屋门的那一刻，老三扑通一声沉重地倒在地上，老婆儿焦急地喊起来。

桂英冲出院子就蹿上了东山，发疯般往上跑，身后响起了老婆儿的号叫："来人啊，你们都死哪去了？！老三你醒醒啊！"

很快山下就乱哄起来。不一会儿，山下就灯笼火把又叫又嚷，有人指挥："乡亲们，李家媳妇打伤男人跑了，大伙能动的都上山去追呀！"

桂英回头，只见亮光奔向四面八方，还有人咋呼说"看见你了，别跑了，再跑打死你！"桂英慌不择路拼命跑，可后边的手电光却越来越亮。

山不高，桂英一气跑到山头，往下一望却傻了眼——山那边立陡的是悬崖，下边黑乎乎的不知有多深。这真像电影里演的一样，桂英跑到了绝路，不同的是没有大侠在危急关头赶来搭救她。桂英想顺着山梁跑，可左右的灯火也已快到梁顶了，而且身后还有人在追寻。桂英宁死也不能叫他们抓住，她望望黑乎乎的下边，再回头望望逼近的亮光，便紧闭了眼，心里叫声广来，叫声娘，一横心跳下去……

八

金广来回到神仙沟，老爷子并未因广来未按他的安排发展同方玉荣的关系而大发雷霆，也未因广来未割断同桂英的关系而气急败坏，他只是阴沉着脸连抽了支喇叭筒，方才长长叹了口气，告诉广来县里给介绍了个外商，要来神仙沟考察投资，催他回来是为了开会商量。这让广来很意外，同时又奇怪从来都是独断专行的霍丙南为啥非要等他这个有职无权的副村主任回来开这个会。他也像袁显龙一样搞不清霍丙南葫芦里到底卖的哪国药。

神仙沟这回的会是正经八百开的，而且村和公司其实是一回事的大小头脑都到齐了，说的是外商投资的事。广来虽然一心牵挂桂英，可老爷子这么郑重其事，他也只得打起精神来——这毕竟是村里的一件大事。

会上的意见主要分成两派。以袁显龙为首的一派坚决反对外商投资，说那会丧失主权，受制于人，肥水流到外人田。广来猜透了他的心思，他是怕外商投资将来影响了他的地位。而以汪副村主任为首的一派则热烈拥护外商投资，这当然也有他们的考虑——外商来了就会打破霍家的铁桶江山，利益就会重新分配。一向一锤定音的老爷子这回十分民主，直让大伙发表意见。广来见老爷子直看他，便也不甘落后，说了自己的意见，认为村里的摊子和本地比好像挺红火，可跟人家外边一比就是显得这十年发展太慢，思想保守，放不开手脚，现在无论如何应该抓住这难得的机遇做一番大事业，南方不少村办企业才办起几年就在全国叫响了……

一听广来说出这样一番话来，有人就吃惊地看看他再看看老爷子。广来话说完了，也觉出太直了，明显是在批评老爷子，不禁红了脸暗自后悔。而袁显龙等人则露出了幸灾乐祸的神情。

出人意料的是老爷子没发火，也没不耐烦，只是认真地抽烟，认真地听。

见老爷子没反应，袁显龙就跳起来激愤地斥责金广来："金广来，你有没有良心？你说你对村里有什么贡献？老爷子不就看你是个人似的才破格培养你！你倒好，当了三天半副村主任就把老爷子贬得一文不值，你是想抢班夺权呀你！"

金广来脸色涨紫，一时说不出话来，老爷子却啪地一拍桌子瞪了眼："开会就是为了大伙商量，谁都有发言权，在老子跟前，谁也甭充大尾巴鹰！"

老爷子不怒自威，平时很少发火，今天不光发了火，且火气还不小，只是有人一时还弄不明白这火是冲金广来还是冲袁显龙发的，会场上变得鸦雀无声。袁显龙给闹得下不来台，又窘迫又茫然地僵在了那里。

老爷子抽两口烟吐一口痰说："这事明摆着是好事，打着灯笼难找，凭什么不乐意？广来别看年轻，可有主见，还有远见，我同意广来——啊，是金主任的意见！"

大伙更加意外——老爷子从来都是宣布他自己的决定，从来没有同意过谁的意见，从来没有称呼过下属的官衔儿。

会开完后，老爷子亲自带着袁显龙、金广来到县里接来了外商。

外商是韩国人，在县、镇领导的陪同下考查了神仙沟、神仙泉，看中了水质、环境，但对交通不满意。金广来适时提出了打开东山修公路的事，外商很高兴，表示可以考虑投一部分修路资金，县领导也表示可以扶助。老爷子也很高兴。金广来见事情顺利，一时也有了精神。要到村部洽谈时，广来委婉提醒老爷子，说听说有一个外商要跟一个工厂合资，本来谈得基本定砣了，没想到让厂长随地一口痰把外商吐跑了。老爷子微笑着望广来一眼，不信似的说："有这样的事儿？"

在会议室里，老爷子旱烟枪本来熏得外商直咳嗽，说着说着他又来了痰，本来身后就是痰盂，可老爷子仍习惯地嗖一口吐在了当地上。

外商和县镇领导都不禁皱起眉。

投资的事黄了——差不多就黄在老爷子的一口痰上。事后老爷子也显得挺后悔，检讨说广来提醒过他，他却一时没改过来。广来从心里惋惜失去的机遇，同时对老爷子也更加失去了信心——老爷子真是老了，再当家就成绊脚石了。

投资的事忙活了一气还没弄成，广来泄了气，也跟老爷子撒了个谎，又坐班车去了赤城。到赤城找到桂英表姐，一听说桂英回来了，广来的心掉进肚里。可接着再听桂英的遭遇，广来万分后怕又万分庆幸。他按桂英表姐告诉他的地址迫不及待地找到了桂英打工的那家个体服装店。

未等广来进门，先已看见他的桂英就身不由己地跑了出来。虽然仅十几天未见，但这期间已经历了一场生离死别，两个人默然相对，两双眼都已湿透。

望着桂英憔悴许多的脸庞，广来下意识地上前一步伸出手去。桂英嘴唇颤动着，要说什么，却突然又咬了唇扭身跑进屋去。广来愣了愣，就要追进去，可门却咣地关上了。

广来的心随着门响猛地一震，只追到门口，手却无力推开那扇门。

站在门外，广来心里充满悔愧，他决心要在这里一直等着，直到桂英肯原谅他，肯出来见他。

不知过了多久，店门又突然打开了，广来眼睛一亮，定睛细看，门口不光站着桂英，桂英还拉着一个白净小伙。广来有些发怔，桂英却已含泪说："金广来，比你强的人有的是。这是我对象，看看，哪点比你差！"

金广来羞愧难当，无地自容，却又不相信地瞪着他们。

桂英抱住小伙胳膊："我过得挺好，过几天就结婚，到时我请你喝喜酒！"

广来心里忽地冰凉冰凉，他张张嘴，却什么也说不出，只是喉头动了动。他两眼茫然地望望门口的两个人，然后费力地转过身去，慢慢离去，脚步老沉老沉。

望着广来越走越远，桂英再撑不住，跑回屋扑在床上哭了起来。

那天夜里，桂英拼死跳下了悬崖，醒来时却是在一家的炕头上。原来桂英跳下的不是悬崖而是一个不很深的黄土坎，桂英又恰好跳在草垛上，又从草垛上摔落，只是摔昏了。屋里老两口听到动静出来发现了她，把她抱了回去。不一会儿听到黄土坎上吵嚷，老两口明白了，就把桂英藏在了家里，到第二天擦黑才给桂英指好了路，又把家里仅有的四十块钱拿出来给她当路费，桂英方才得以逃脱厄运。要死的那一刻她念着的是金广来，死里逃生后她又不想回到让她伤心的神仙沟，不想让没良心的金广来看她的笑话，她要活出个样来给他看。没别的去处，又不敢再轻易相信陌生人，她就又回到赤城，在表姐那养了两天；不愿老给表姐添累赘，见这服装店招人，就干上了。本以为从此就要忘了广来，可哪天都断不了想他；本以为不定多会儿才能再见着广来，没想才在服装店干了三四天广来就找上门来了。没见着时想，可见着了广来，她又委屈又恨——就因为那没良心的，她差一点落入了比死更可怕的境地，她恨得真想狠狠咬广来几口，她不知怎么就把店主拉了出来当了自己解恨的工具……

一只手轻柔地搭在了桂英的后背，桂英扭头，年轻白净的店主正关切地望着她。虽然相处仅几日，桂英觉得这店主人虽精明，对她却还不赖，也挺关心她，这一时委屈伤心的桂英就如见了亲人一般，一头扑到他肩上痛哭起来。

店主轻轻抚摸着她，切切地安慰着她，刚把脸慢慢挨到她的头发上，桂英却突然挣出身子跑出店门，扶着外边一棵树，弯腰干呕起来。可是折腾了半天，却只吐出了几口酸水，桂英满脸是泪地抬头，却发现一个中年男人正在用奇怪的目光打量她。

九

转眼大半年过去了，今年酒厂业务较好，老乡酒远销到京津，但袁显龙却很不如意。最近老爷子又把村主任、公司副董事长、副总经理的位子全给了金广来，甚至还把金广来的亲信小锋提拔为民兵连长、酒厂副厂长，表面看起来老爷子完全是一副要培养金广来当接班人的架势。

袁显龙虽然相信老爷子这里边可能藏着深意，很可能使的是障眼法，但他却真切地感受到自己不久将来"神仙沟大当家"的地位已受到了严重威胁——他早已看出金广来年纪虽轻却是野心勃勃的危险人物，老爷子不会看不出这一点，可最让袁显龙理解不了的是老爷子明显是在抬金抑袁。

袁显龙稳不住阵脚了，这天他跑到老爷子那里告状，说有人拉帮结伙争权夺势，明显要拱倒他这个厂长，实际是要矛头指向老爷子。老爷子当然听得出来，他指的是金广来，就沉着脸教育他要顾忌身份，不要一天老疑神疑鬼，要搞好班子团结，要讲点民主。袁显龙也听出老爷子是要他给金广来放权，他有心顶一句"他姓金的都当上村主任、董事长、总经理了，比我权大，再说他们两个副厂长一股劲儿顶我这正厂长，再放权我还当个狗屁厂长！"可话到嘴边又咽了回去。老爷子说句"有我当支书一天，就没人敢搬倒你"，就领上金广来坐车下镇了。

呸！甭别人，你个老鬼头就要把自己的亲姑爷活活弃掉了！袁显龙心里骂着，刚要下楼，艳丽却拦住了他，抱怨袁显龙不上她屋去。袁显龙的火正没处发呢，就瞪了眼低声骂道："你就知道浪，你还能干啥！"

艳丽被骂恼了，竖了眉反口回骂："姓袁的，你算个什么东西，还有脸骂我？——哦，你这要用够了，就想把姑奶奶一脚蹬开？没门！惹翻了，姑奶奶就把你的老底儿全抖搂出来……"

袁显龙见她越骂叫声越高，越骂越没完，上前要去捂她的嘴，不料却被艳丽一口咬得他嗷嗷叫了起来。他抬手一巴掌扇过去，艳丽尖叫一声，哭骂道："袁显龙，你敢打我！今儿个老东西回来我就要问个明白，我倒是算他的还是算你的！"

袁显龙给点了穴，再不敢要横，急败败小声求告："姑奶奶行了行了，我服你了、服你了，还不行吗！"说着把艳丽拖扯进屋关上了门。

进屋袁显龙就把艳丽狠狠推到床上，几把撕扯掉她的衣裳，然后凶狠地砸上去，嘴里还骂着："我叫你浪，叫你浪……"

但很快袁显龙就滚鞍落马，绵蛇一般，艳丽抹去泪冷笑："你能耐呢？"

袁显龙垂头丧气叫："你别烦我了行不？"

艳丽说："你不就为没当上那个破村主任么？你放心吧，我问过老东西，他说这是为堵大伙的嘴。"

"什么堵大伙的嘴，分明是堵我的道呀！老头子没良心呀，他那丢道上没人捡的闺女让我给拾掇起来了，这些年我跟着他鞍前马后苦也吃了累也受了，这会儿他要卸磨杀驴呀！"

艳丽说："你也别尽往坏处瞎寻思，咋说你也是霍家的亲姑爷，老头子就你一个近人，他能让肥水流到外人田？"

袁显龙说："可现在他处处挤对我，倒硬往起树金广来，真猜不透他安什么心。——不是咱俩的事让他扫着风了？"

艳丽说："不会不会，他咋也不成想袁厂长会睡小丈母娘吧——真要知道了，他还能让你这么消停？"说着艳丽咯咯笑了起来。

袁显龙思摸着，忽然心里一动。

金广来当上了村主任，自己并未多得意，倒是他爹金万库乐得屁颠屁颠的，到处吹嘘，说老金家辈辈出人头好汉，老霍家再牛连个儿子都没混出来，现在不还得乖乖把大权归还给他金家……金广来气得训他爹："你说你这是捧我呢还是摔我呢？我这个村主任不过是个摆设，人家多半拿咱当猴儿耍呢！再说上也霍丙南一句话，下也霍丙南一句话，你捞啥说啥不逼着他早点把咱拿下吗？"金万库大骂儿子，当上村主任不认老子了，可背后反省反省，老金也就不那么张狂了。

金广来虽当了村主任，上有霍丙南压着，下有袁显龙顶着，一时也掌不起大作儿。另外桂英的事也让他打不起精神。他自知是自己把她伤害得太深了，她才会那么绝情绝义。

广来是初生牛犊不知虎的厉害，这一段跟在老爷子身边，他方觉出霍丙南当真是老谋深算手段高超。如果春天广来就明白了这一点，他也许就没勇气向老爷子挑战了。他觉得自己远非老爷子的对手，甚至成了老爷子手中的一张牌。现在广来对这场夺权斗争已没什么信心了，可他又到了骑虎难下的境地，要他这时知难而退他又觉得不甘心不好看。退后一步想想，现在也还不是摔牌撂挑子的时候，也许最后一刻会有奇迹发生。而且不管咋说，袁显龙现在对他已经很顾忌了，甚至已经把他列为头号对手了，这说明他广来也是具有一定能量和杀伤力的。

但是广来没有料到，袁显龙有一天会带着一脸笑请自己喝酒。

酒是在村委会门口的神仙酒家喝的，袁显龙只请了广来一个人。袁显龙一改往日做派，换了个人似的，和广来称兄道弟，说两人以前有些小误会，今天他给广来赔个礼，今后哥俩还要一条心管好村办好厂。金广来防着他笑里藏刀，也说些官面话，当然不肯跟他推心置腹。不过斗起酒来广来却不甘示弱，喝着喝着就跟袁显龙拼开了量，两人是半斤对八两，旗鼓相当。广来本是豁着同归于醉也不肯认熊，可量大不如拳高，动起手来广来就不是个儿了，袁显龙又激又损，不依不饶，金广来屡败屡战，不屈不挠，两人就喝了个昏天黑地。结果是拳输犟汉，到最后金广来饭也不吃了晃晃悠悠就要走。袁显龙拉住他说上楼去跟老爷子唠唠会儿，广来使劲才想起老爷子到市里开人代会，今天该回来，就搂着袁显龙的脖子，高一脚矮一脚走进村委院里，边走还边大着舌头嚷道："去、去就去……我……怕谁呀……我是村……长……"

广来被袁显龙气喘吁吁拖拉到楼上，没见着老爷子，却让艳丽迎个正着，十分热情地往她屋里让。广来心里不想沾这女人的边，可被袁显龙架着就进去了，嘴里还磨叨："去、就去……我……怕谁……我……"

进屋坐了片刻，金广来酒劲儿越往上涌，直打瞌睡。他说"得走，我得走"，站起来身子却直打晃。袁显龙艳丽就把他扶到里屋床上，及时地塞给他一个枕头……

广来醒来，动一动，就闻到了异样的香味，睁眼，房间很陌生很花哨，他虽不知是在哪里，他却觉得不好，忽地坐起来，立时头痛欲裂。他呻吟一声，扭头却见地上有两个人——坐着的是艳丽，披头散发，衣衫凌乱，正在捂脸哭泣，旁边站着是面色阴沉异常的老爷子。广来忽地明白了——他是躺在了艳丽的床上。广来只觉得头脑涨大如斗，他隐约想起了跟袁显龙喝完了酒是来找老爷子的，却怎么会……广来不禁心慌起来，弄不清自己醉后在这里都干了些什么，他嘴里结结巴巴说着"我……我喝多了，我……"就忙着下床穿鞋。

这时艳丽忽地站起来指了广来骂道："金广来，你不是人，你是流氓！你……"

"给我闭嘴！"老爷子低哑骂一声喝止了艳丽。

艳丽愣了愣，夸张地趴在桌上呜呜哭起来。

广来心惊胆战："我……我不知道怎么睡到这了，我……"见老爷子目光如冰如刀，广来竟心虚说不下去了。

霍丙南一步两步三步走到金广来跟前，猛然狠狠给了广来两个嘴巴。

金广来捂住脸惊愕地抬头，霍丙南从牙缝里蹦出几个字："你个不学好的下流坯！"

金广来在家闷了三天，又去找老爷子。

这三天金广来懊丧极了。他可以为打入霍氏家族而接近霍明青，但他绝不会下流到去和老爷子的姘头偷情。可是他喝多了，而且无论说什么也是躺在艳丽的双人床上，艳丽又是一副受辱弱女模样，他不能肯定自己没有出格的地方，所以老爷子打他骂他他没敢翻脸。但跑回家冷静下来仔细回忆，他就想起是袁显龙请他喝的酒，喝了很多酒，袁显龙和他上楼找老爷子，却被艳丽拉进屋去，后来他要走，袁显龙艳丽却把他扶上了床，后来他就睡着了……广来醒了腔——他是中了袁显龙的计受了陷害。可艳丽是……对，艳丽是袁显龙介绍回来的，两人肯定是串通一气了。但无论怎样，霍丙南肯定是不会再重用他了，他觉得自己再在村里待下去已没什么意思了，只能被人笑话看不起。但离开村庄之前，他必须见霍丙南一面，跟霍丙南说清楚，自己虽不算多光明磊落的人，但也绝没有卑鄙下流到那个程度。广来要让霍丙南知道，卑鄙下流的不是金广来，而是他的亲姑爷袁显龙。

霍丙南面色阴沉地听完了金广来激愤的诉说，嘴角抽搐几下，却始终未说一句话。

但是辞职的金广来走到门口时，霍丙南却开口叫住了他。

十

金广来坐着老爷子的吉普车去赤城。那天老爷子没有让广来走，他说他什么都明白，也相信广来的话，还拍拍广来的肩叫他该怎么干怎么干。不管霍丙南说的是不是真心话，那一刻广来都有些感动，眼睛也有些湿润了。

到了赤城，在办事处、批发站和几家关系商家办完了事，广来借故到了桂英打工的那家服装店前。广来没勇气走到近前，他假作过路人，坐在马路对面的一棵树后向对面的服装店张望。离得远，只能看见顾客进出，看不到里面想看的人。

但广来依然痴痴地望着。望着，望着，广来眼中渐生出一层水雾，广来就看见了服装店里面，穆桂英一脸红润，打扮鲜艳，带着幸福笑容和她的他在迎接顾客……桂英还向广来看了一眼，却已不认识或装作不认识的样子漠然移开了目光……

广来心中一阵刺痛。

擦擦眼，屋里仍是什么也看不清。广来站起来，再望一眼那服装店，便沉沉地走开。

越走脚步越慢，终于，广来停了下来，站了一刻，猛然又转身，快步穿越马路，径直向那家服装店闯去，前边开来了汽车他也视而不见，车子擦着他的身子刹住，司机钻出窗气急败坏地大骂他也充耳不闻——广来一步不敢停顿，生怕停下一步自己就再鼓不起勇气……

广来一直走进了服装店。服装店里有一个打扮妖艳的嫂子，却没有桂英。嫂子甜甜叫着大哥，热情地向广来推荐西装夹克休闲服还有衬衣领带裤腰带，广来摇头，不看衣服只打听桂英。嫂子皱了眉问哪个桂英，广来说就是在你们店卖服装的，是店主的对象。嫂子一挑眉毛说："什么，店主对象？"说着就长了脸冲屋里吆喝："二子，你出来！"正在里屋打游戏机的一个人站起来走出，广来一看正是春天桂英拉出来向他示威的那个白净小伙子。那女子尖着嗓子皱眉审问："二子，你哪又冒出个对象来？你给我老实交代！"那年轻店主一脸茫然地说什么对象，除了你我哪有第二个对象，你是我的唯一，你是我的最爱，广来发急道："就是春上在这帮你卖服装的那女子，叫穆桂英，红山黄旗神仙沟的，梳短辫，大眼睛……"话没说完那店主就冷了脸不耐烦说："没有没有没有，这从来没有什么叫桂英的，你肯定是记错地方了，去那几家打听打听吧！"说着就把广来推了出去，又低声骂了句"神经病"。

这屋这人都对，怎么会记错呢？广来茫然地走离那家服装店，身后听得女子一声尖刻的审问："说，是不是春天我上海南那阵子你又挂上了？"

广来茫然地走着，走着，走到十字路口，交通岗红灯亮起，广来蓦然一惊——桂英明明是在那宜兰店来着，可那店主却死不承认，那么现在她在哪里？她会不会又遭遇了危险？这么一想广来就出了一头冷汗，急忙打个车找桂英的表姐。

出租车开到近前，却见从桂英表姐的发屋里走出两个人来，是一个中年男人挽着一个年轻女子。让广来意外的是那年轻女子竟是桂英，更让广来吃惊的是桂英的肚子竟然明显地鼓了起来……

桂英被那男人挽进了前边的一辆桑塔纳，随后桑塔纳缓缓开出了那条小街。出租司机问目瞪口呆的广来是到这里么，广来回过神儿来，忙指着说："跟着那辆车！"

在车子开动的那刻，送桂英出来正要回屋的桂英表姐扭头看见了车里的广来，一张惊诧的脸在车窗外一闪而过。

前边的车在一条不深的巷子里停下，中年男人挽着桂英进了一个小院。

一会儿男人出来开车走了。广来打发走出租车，再没犹豫就上前敲门。

听到敲门声，穆桂英以为那李先生又回来了。桂英自春天在那家服装店狠狠报复了广来后，认定这辈子跟广来已没戏了，神仙沟她也不愿意再回去，当店主提出要假戏真做跟她交朋友时，桂英竟没有拒绝。那天店主请她吃饭，对她说了好些个甜言蜜语，还死乞白赖让她喝酒。桂英努力不去想广来，努力把店主想成一个好人，心想这辈子就跟这人算了，总比被卖给人家强。可是酒一沾唇，她又是一阵恶心，跑出去吐一阵。桂英蓦然清醒，猜到自己是怎么了。她不知自己心里是惊是喜是酸是痛，只是无论如何没有接受店主的挽留，一口气跑回表姐的发屋。为了摆脱店主的纠缠，桂英很快离开了服装店。

院门打开，一见门口站着广来，桂英泪水哗哗地淌下来，伸手就去关门，但她的手却被广来抢先抓住了。

"你走，你来干什么！"桂英抽出手跑回屋去。

广来追进屋，却见屋里电视冰箱还挺全，连电话都有，桂英已侧伏在一张单人床上哭了起来。

广来认定桂英是做了那男人的二房了，心里尖痛尖痛，酸苦酸苦。

"你走……你走……"桂英不断赶广来，可声音却是那般软弱无力。

广来说："不，桂英，咱们一起走！"

桂英坐起来，瞪大眼睛："一起走——上哪？"

广来用力说："回家！"

"回家，回家？"桂英突然笑起来，"我这样儿，回家丢人去？"

广来说："别人、别人说啥我不管——我要跟你结婚！"

"什么，跟我结婚？我连亲爹都找不着，跟我结婚你巴结谁去？"

广来低切道："桂英，都是我对不起你，现在……现在我不能再错了……"

桂英望了广来半晌，咬住唇摇了摇头："晚了……"

广来不禁上前抓住桂英的手："不晚，不晚……"他有满肚子的话，却不知说什么。

桂英盯着广来的眼睛："就我这样，你不嫌？"

广来咽口唾沫摇摇头，清晰地说："我是求你——只要你没跟别人结婚，只要你肯原谅我！"

桂英泪又涌出，身子发软眼看要倒，广来刚上前扶住她，屋内忽然闯进一个女人和两个小伙子。那女人进屋就指了桂英骂开："好你个不知耻的，老娘总算找到你了，你这还做了窝了！——呵，你也真是够浪的，这头儿让我男人养着你，你又养着野男人！——侄子呀，给你姑姑报仇雪恨呀！"

那两个小伙子就扑了上来。广来挺身护住桂英，质问他们要干什么，一个小伙子说："你们这两个狗男女肯定是串通一气坑我姑父的钱呢！今天不让你们长长见识，你们还当我们老孙家没人呢！"说着摩拳擦掌就要动手。

广来上前挡住，刚要讲话，脸上却早着了一拳，立时眼前金星乱冒，鼻子里有热腥腥的液体淌出来。

一见广来挂了彩，桂英急了眼，尖叫一声上前要讨说法。广来一手把她推到后边，一边要和他们讲理，可张嘴刚说一句右胸又闷上一拳。广来给打急了眼，顺手就抄起了床头的一把水果刀。一见广来红了眼露出拼命架势，一个小伙子就怯了，另一个就找家伙。正这时外边忽然一声急叫："都别动，给我住手！"随着喊声跑进一个人——正是开车送桂英的那个中年男人。

屋里的人一愣，那女人就扑上去撕扯着那男人，又哭又骂。那男人气急败坏推女人，大喝道："你们胡闹什么？桂英她是我的亲生女儿！"

这一句，不，是一声惊雷，把屋里包括穆桂英在内的所有人都震惊得目瞪口呆。

三天后，坐在返回神仙沟的班车里，广来闭着眼，眼前却全是穆桂英的身影，心里既为桂英找到亲生父亲而高兴，又为桂英未跟自己回来而怅惘。

桂英神仙沟的爹叫穆成林。过去神仙沟有句顺口溜："神仙沟里神仙汉，穿烂衣来喝稀饭。白天出门一把锁，夜晚冷炕无人伴。"穆成林因为家穷，二十六七还没成家，眼瞅着就混到光棍儿队伍里去了。这天他到土梁子相亲，女方虽是个哑巴，可也不愿屎窝嫁尿窝嫁到神仙沟。穆成林垂头丧气回家转，在半山梁碰到一个寻死上吊的女子，他给救下了。那女子叫李翠花，已是大了肚子的了，原来是跟同村李家后生搞对象，家里不同意，俩人就偷偷把生米煮成了熟饭。现在那后生考上了大学，不但不肯要翠花，连她肚里的孩子也不认了。男人变了心，自己不清不白，家里打骂，村人笑话，翠花一时没了路，跑到山上寻死来了。穆成林救了翠花，没了路的翠花就跟着他来到了神仙沟，二十七的穆成林做梦一般捡了个二十岁小媳妇，而且进门仨月就又给他添了个大眼的俊俏小丫头。穆成林给孩子起名叫穆桂英。穆桂英知道自己的身世后，恨亲爹当年抛弃了娘，从未打听过他，只当没那一号人。可是桂英亲爹心底里还是时常想起家乡那个叫翠花的女子，而且打听到翠花嫁到了神仙沟，还生了个闺女叫穆桂英，是他的。他常常暗自愧疚，想去看看翠花、桂英，可他没这个勇气。他已停薪留职开起了公司，也算小款了。那天他和太太上街，在一家服装店门口，一个熟悉的身影让他下了车，再仔细看那眉眼，活脱就是二十年前的翠花。他当时都看呆了，为此还引起了太太的误会。后来他独自去找穆桂英，问她是什么地方人，叫什么，桂英照实说了，印证了他的判断。他激动不已，一定要让她到他的公司去。桂英不知就里，不肯去，可不几天后又同意了。他打算先培养她让她去学习，可桂英以为他别有所图，不肯凭空领受一个陌生男人那么大恩惠，只愿打工。他几次想认闺女，可又没这个勇气，他看出桂英脾气挺倔，怕一下子告诉她实情她不肯认他这个爹，他想先培养培养父女的感情。可是当他发现桂英已经怀孕后，不禁吃了一惊，拐弯抹角要探到实情，但桂英对他不信任，不肯把孩子的来路告诉他。桂英亲爹想到桂英可能也像当年的翠花一样受到了深深的伤害，就更觉这一切都是自己造成的——不是他当年抛弃她娘，桂英不会落到这地步。这样一想，他就更觉内疚，更没勇气告诉桂英实情了，只想用行动补偿他欠下的亲情父爱。他先是劝说桂英把这孩子做掉，但桂英却坚持要把孩子生下来；他就给桂英租了房子，买了家电家具，桂英坚决反对不肯接受。后来桂英亲爹把实情告诉了桂英表姐，在表姐的劝说下，桂英又觉男人不像坏人，自己这越来越重的身子又有家难归，也就服从了安排，但说将来自己要挣钱还给人家。不想桂英亲爹的行动早引起了一向对他看得很紧的太太的疑心，他一时也不敢把实情告诉太太，怕一时说不清打翻了醋坛子，怕那刁蛮太太伤害了桂英，这就引起了太太更大的误会……

广来也猜测着桂英肚里孩子是谁的。在知道那中年男人是桂英亲生父亲之前，广来认定孩子是那男人的，现在广来又怀疑孩子是自己的——可若孩子真和自己有关，桂英为什么不肯告诉他，也不肯跟他回来呢？

桂英会留在城市，留在她有钱的生身父亲身边，因为桂英早就想离开村庄。金广来这样想着，只觉心里空空落落。

十一

金广来没想到，回到神仙沟的当晚，霍明青就找到了他。

广来这半年多一直尽量躲避着明青，明青也恢复了高傲冷漠形象，没跟广来说一句话，但今天她却把广来叫出来，提出了一个叫广来吃惊的要求——她要广来跟她一起走。

"走？到哪去？"

"哪都行，越远越好，永远不再回来！——我受不了啦！"

"明青，这不合适吧？你听我说，咱们、咱们不该那样，你看，老爷子岁数已大了，有些事不是那么简单……"广来不知自己都说了什么。

明青呆了半晌，方喃喃道："你是……你是不肯跟我……跟我一起走？"

广来说："明青，我、我是说……我是说……"

明青突然哭着问："那你……那你为什么……勾引我？"

广来说不出话来。

明青凄凉地一笑："我知道，我真是没人要了，穆桂英说得没错，你根本就没有喜欢过我，你不过是为了……为了当霍家的姑爷——和袁显龙一样……"

广来觉得自己又成了一只被剥去毛皮的猴子，浑身血淋淋的，丑陋无比。可他嘴里还在含混不清地否认着。

但是明青已不知什么时候走了。

在床上蛇一般躺了不知多久，广来忽然想起来应该尽快把明青想走的事报告给老爷子——他怕明青真的跑出去也会像桂英一样遭遇意外。

老爷子表扬了广来，广来却觉得自己像个叛徒、告密者。

提心吊胆过了一阵，明青那边风平浪静没出什么事，广来却接到了市交通局要给神仙沟拨款修东山公路的消息。广来出门时瞒着老爷子到市、县交通局没少跑，现在市局计划拨给他们十万元的火工器材，其余费用村里自筹，但要先做工程计划，先动工。广来觉得老爷子拦挡修东山公路不光是怕花钱，里边好像还有别的。为了顺利开工，金广来想了个法儿，说这些年老爷子劳苦功高，该松口气了，通过召开村委会决定安排老爷子到风景名胜区休假旅游。

袁显龙这次意外地支持金广来，在他们两个的动员和坚持下，老爷子服从了组织安排，只是没有接受袁显龙要他带上艳丽的建议。

老爷子前脚刚走，金广来立即大张旗鼓地进行修路安排，决定以义务工和雇工相结合的形式解决修路用工问题。广来只想来个先斩后奏，等老爷子回来生米已做成熟饭，他再拦挡也晚了。可广来没想到，他还未开工，县、镇财务审查组却先进驻了神仙沟——上级有关部门接到了霍丙南有严重经济问题的举报。金广来只得先接待审查组，协助搞好调查取证。金万库兴高采烈，夸广来手段挺辣，这一拳打在了霍丙南的正穴上，这些年老家伙搂老鼻子了。广来否认是自己举报了霍丙南。金万库说跟你爹还留啥心眼儿，再说傻子也估摸个八九不离十。

金广来豁然一醒——举报者对老爷子的举动很熟悉，难道会是……开始时广来还觉得这件事对自己大有利处，现在看来是又有人要一箭双雕了。广来那一刻真想通知霍丙南快回来，可他不知霍丙南现在在哪里。

审查组查得很严，但一些疑点排除得也很快，审查结果出乎所有人的意料之外——霍丙南办企业十几年基本上够得上两袖清风一尘不染。金广来微微有丝失望，但他却又长长松了口气。他想搬开老爷子取而代之，然而不希望老爷子出什么事——霍丙南现在固然已阻碍了神仙沟的发展，可没有霍丙南，神仙沟发展不到今天。

审查组撤了，金广来要抓紧修路了。可这天他刚把劳力组织好，还未上山，老爷子的吉普车已回到了神仙沟，并当场下令暂缓施工。

功败垂成，金广来很沮丧，可还是硬着头皮向老爷子汇报了查账和修路的事。老爷子很平静，说："喝凉水花官钱，早晚是病。我要为自个儿捞钱，当初这摊子我还自己办呢。我当这个家，钱咋用我说了算，可我不能往自个腰包多装一个子儿。实话跟你说吧小子，事前这事我就知道了信儿，我同意出去也是为了叫他们好好查，查个水落石出，也好叫大伙心明眼亮——其实我哪也没去，就在县城猫着来！"

修路的事老爷子也已安排好了——虽然他不允许从东山修路，但上级白给钱不能不要，而且老爷子已找交通局把修路扶助款追加五万，不过用途由修东山公路改成了整修沟里到镇上那段路。

金广来觉得自己和袁显龙都让霍丙南当猴儿耍了。

霍丙南没有追究举报者，也没有怪罪金广来，而是带着广来进了小东梁沟。

小东梁沟底是老霍家的坟茔地。霍丙南把他爷爷、爹、老伴的坟丘一一介绍给金广来，然后从沟底攀上东梁顶。老爷子带着金广来顺着梁弦一直往南，来到了那块悬空的探海石上。

"老了，老了，不服不行啊……"老爷子站在探海石上喘一阵，然后指了东山梁问广来，"你看这山形，像不像一条龙啊？"

广来望望，点头。老爷子告诉他，这东山叫龙脉山，早年经几个有名的风水先生堪量过，这主山已成了龙形，谁家阴宅居此后辈可出真龙。只可惜龙头在山弯那折断了，成了一条土龙，只能护着阴宅人家出一方人头地主；如果再要开山修路，龙脉再断，那就成了一条死龙，那老霍家就完了。

金广来也听说过龙脉山的事，并未当回事，可没想到霍丙南还那么迷信。不过他想以霍丙南的实力，如果不是生不逢时，出头太晚，说不定真成个大人物呢。但广来不明白，老爷子为什么要把这秘密告诉自己。

老爷子说："你真要修路，那就等明年吧，明年你愿修就修吧。我拦得了一时，拦不了一世啊！"

然后两个人就再不说一句话，只默默看各自的山、各自的天、各自的云彩、各自村庄……

不几天，神仙沟又出了件出人意料的大事——老爷子的三姑娘霍明青吃安眠药自杀了。

广来跟着把明青送到了黄旗医院。明青最终被抢救过来了，但她神志清醒之后，却不许三个人再去病房探望她，否则就会歇斯底里地大哭大叫甚至大骂。那三个人本是明青最亲近的人——霍丙南、袁显龙还有金广来。

入冬之后，神仙沟又出了第二件出人意料的大事——老爷子的大姑爷袁显龙卷走了十余万公款，扔下老婆孩子，领上老爷子的女秘书跑了。

有人说袁显龙跑前老爷子找他谈过一次话，没人知道谈话的内容，只知袁显龙出来后脸色异常难看。有人说袁显龙还给老爷子留下一封信，没人知道信的内容，但看信后老爷子气得浑身哆嗦，面色惨白，把信撕了个粉碎，又扔进了火炉里。

神仙沟有眼的人都看出老爷子明显地苍老了。

神仙沟的第三件大事既出乎人们意料之外，又在人们预料之中——年底，老爷子交权了，接班人是他对头的儿子——金广来。

那天老爷子不但请来了县、镇领导，而且还组织村民投了票——老爷子推保加上群众选举加上上级领导见证，金广来的班接得光明正大合理合法。老爷子看不出落寞，倒很兴奋，他说："我霍丙南本来还能干两年，可是老的不退年轻人上不来，总归是要交班的，晚交不如早交。不过村里这摊子是我拼着倾家荡产挣下的，我不能把它交给败家子儿——不管是我亲姑爷还是我的死对头，谁能把这份家业看住了，我就把它交给谁！"老爷子的即兴讲话博得了领导和群众热烈的掌声。

金万库红光满面，比接班掌权做了神仙沟大当家的儿子还激动，还兴奋，他拼命拍巴掌拼命乐，生怕别人不知他是金广来的爹。可乐着乐着金万库的笑容却僵在了脸上——他忽然看出来，并膀挨肩坐在前边的儿子和对头长得竟然有些相似——不，是真像，越看越像……

那一刻金万库就傻了眼。

会后，老爷子将广来带回办公室，关上门，说："小子，打今儿起这家业就交给你了，好好闹，别给我丢脸！"

广来真诚地说："你可不能撒手不管呀，你不是顾问么……"

老爷子笑："顾问顾问，顾上就问问，顾不上就混混，我要啥都婆婆妈妈那可就得讨人嫌了！不过你记着我的话，咱庄稼人办企业不易，要把买卖做下去更不易，市场经济这东西跟妖精似的变化莫测，千万不能贪多嚼不烂，千万别想一步就上到梁头。有多少大企业办得红红火火，可说垮就稀里哗啦散架子了。守着我这摊子别败家了，你就是功臣，老想蒸大饽饽，蒸好了惹人眼红招人抢，蒸糊了你就成千古罪人遗臭万年了！年轻人最忌讳好大贪功，图一时显耀，上得高摔得狠——小打小闹，江山牢靠……"

广来耐心听完了老爷子的唠叨，终于问："你为什么把担子交给我？你真的那么信任我？"

老爷子又笑："我等的就是你这句话！"他收起笑，侧了脸低而清楚地告诉金广来，"你是我亲生儿子，不信任你我还能信任谁？"

广来惊呆了，只觉老爷子的话一遍遍在耳边轰鸣。

好久好久，老爷子的声音又像从很遥远的地方传来："韩国人来投资，是我故意吐跑的，我不想肥水流到外人田。袁显龙做买卖比你手把强，可姑爷难比亲生子呀……"说到这老爷子不觉地叹了口气，"艳丽是他放在我身边的探子，她也根本不是什么大学坯子，这些我都装糊涂了，可我没想到袁显龙他竟……"

这时门开了，霍明红哭哭号号闯进来，进屋就指了老爷子声讨起来："你说你叫什么爹？自个创下的家业亲姑爷不给倒便宜了外人，你生生把显龙给逼走了，这回你好受了，你高兴了！"

金广来傻子一般僵立在一旁，老爷子给他使了几回眼色他才醒悟过来，悄悄退了出去。

为什么老爷子对自己那么关注，自己的一举一动他几乎了如指掌；为什么老爷子既很器重他，又禁止他和明青接近，又亲自为他牵线搭桥和"财神爷"联姻；为什么老爷子宁肯得罪亲姑爷也要把他推上神仙沟最高权力的宝座？——只有他是老爷子的亲生儿子，这一切才解释得通。

原来自己努力要向老爷子夺取的，正是老爷子刻意要送给他的——只是金广来怎么也想不明白，在这次竞争或说斗争中，胜利者到底是金广来还是霍丙南。

霍明青出院后精神依然不好，被她二姐明兰接走了。穆桂英却回来了，抱着一个刚满月的胖小子回来了。是老爷子亲自去给广来把桂英娘俩接回来的，霍丙南抱着那个小子，说："不能让咱自己的孩儿再认别人做爹了！"

桂英瞪着广来似嗔似怨说："不是为了孩子，我才不回来呢！"

第二年，金广来没再提从东山修公路和招商引资的话头，倒是和老顾问一起张罗着盖起了红山县第一批集体投资修建的村民楼，这事还上了市电视和省报纸。

但是神仙沟老少两位大当家的之间的关系，依然是个秘密，连金万库人前人后都是卖嚷说："真金不怕火炼，最终是老金家战胜了老霍家。"

至于秘密什么时候公开，只有霍丙南和金广来两人知道。

桃花沟风情

一

桃花沟位居红山县黄旗镇境内，沟内桃花绿树，景色宜人，天然温泉桃花泉更如一颗明珠镶嵌其中。桃花泉又被当地人称为"浪荡泉"。传说远古天有九日，危害人间，后被天神杨二郎赶落九颗，其中一颗落于此处，即生此泉。该泉含多种矿物质和微量元素，可舒筋活血，治疗多种疾病，并能养颜润肤，而最奇特之处还在于温泉水能够壮腰健肾，经常洗温泉浴，男子会更加阳刚健壮，女子会更加美丽多情……

今天对于桃花沟来说是个好日子——沟外开来好几辆小汽车，县、镇头头脑脑们陪着一位新加坡华侨来考察桃花泉了。老山沟里来外宾，这可是开天辟地头一回，男女老少都跑到村南头看稀罕。青年代课教师马成群也带着学生们来了。可是看着自己暗恋的杨桃花跟镇林站的小刘在一起黏黏糊糊的样子，他的兴奋很快就被肚里泛起的酸意淹没了。

桃花是沟里顶尖儿的俊女子，马成群对她早揣上了一个心思，却一直没勇气开口表白。这天晚上他悄悄来到杨家门口，想要唤出桃花向她吐露真情，可没等他开口，屋里先走出了桃花和小刘，成群急忙躲到了墙角。

眼看着桃花和小刘拉手靠膀贴贴乎乎奔了西山坡，成群的心一下子就凉了。他失魂落魄地正不知要往哪里走，冷不防身后一只手拉住了他。成群吓了一跳，回身细看却是牛丑丫。牛丑丫名叫丑丫，人却不丑，圆脸盘杏核眼，比桃花矮些却更显丰满，在姑娘群中也是数一数二的人物。丑丫拉住成群高低叫他跟着上山偷木头，她让成群只跟着做伴就行，卖了木头两人分钱。成群稀里糊涂就让丑丫拉上了山。

桃花沟原有几山好林子，这些年连批带偷，山都剃秃了，沟里人就又到梁西榆林县的山上去偷，今晚过梁的就有十几个人。进了小狐狸沟，未褪寒意的夜风让成群打个冷战，头脑清醒了些，他就不想走了，可丑丫却拉着手不肯放他回去。到了梁那边，大伙就爷儿俩一帮哥俩儿一伙地忙活开了，后边的丑丫对成群说："咱就在这吧，甭往他们那凑合！"马成群伤心失意，哪有劲头偷木头，便懒洋洋靠在一棵树上。闭上眼，成群又看到了桃花的身影。

丑丫放倒两棵树，就叫成群跟她做伴去解手。成群知道丑丫有胆，不愿跟她去，丑丫拉上他就走。走不远成群说："在这吧，大黑天谁看得见……"丑丫不答，又走了一段方才放开成群的手，自己又向前走了十几步躲到一丛毛柴后，便边解裤子边说："不许偷看啊！"成群心说谁稀罕看你，不耐烦地转过身去。

丑丫尿完了刚起身系好裤带，猛听那边响起一阵喝喊一片亮光，她说声"糟了！"一把拉住成群就往身边的小沟里钻。这时外边又喊又叫又抓又跑乱成一团，还乒乒响了两枪，有人厉声喝喊："都站住！谁再跑就往身上打了！"丑丫成群吓得软做一团，再也拉不动腿，便伏在沟底不敢动弹。

原来近来树木给偷得厉害，榆林县已在这设下了埋伏。他们抓住了几个偷树人后，两个戴大盖帽的又打着手电朝这边走来，边走边吵嚷："快出来！快出来！别藏了，早看见你们了，再不出来给你们一枪！"成群丑丫伏在沟底气都喘不出了，只恨捂不住那咚咚的心跳声。幸好上边有干蒿枯草柴火墩子遮挡着，那两个人咋呼一气都过去了。

也不知过了多久，听得那边渐渐没了动静，成群这才睁开眼动一动，这才发觉这么一大阵子自己竟是和丑丫贴抱在一起的。他赶忙挪开身，刚要往起站，丑丫却又凑上来拉住他悄声说："待会儿再出去，万一外边有人守着！"听她这样说，成群也不敢贸然出去了。这会儿不那么紧张了，成群就感觉到丑丫身上透过的温热。丑丫虽然主动追求成群，可成群一心都在桃花身上，两人的距离从没有这样贴近过。成群虽说无意于丑丫，但一个姑娘散发着处女体香的温热身子却让他情不自禁地产生反应，他不由自主地把手搭在丑丫身上，丑丫则紧紧搂住了成群，两颗年轻的心又激烈地跳在了一起。成群抚摸着丑丫，只觉怀中人变成了桃花。丑丫在他抚摸下浑身打着战，两只胳膊紧紧箍住成群的身子，同成群一样粗重地喘息着……丑丫的嘴找到了成群的脸，她亲吻起来。

成群嗷的一声痛叫，把他跟丑丫都吓了一大跳，那一刹两人僵在了那里。

愣怔一刻，成群清醒过来，急忙挣开丑丫的搂抱，摸着被她咬痛的脸颊起身就走。丑丫也追了出去。刚出小沟，丑丫忽然说肚子疼。成群先还以为她是装的，后来听她痛得叫了起来，这才停下脚。等丑丫走近，见她捂着肚子弓着腰，成群皱眉问她咋闹的，丑丫嘟囔说："都是你闹的！"成群吃了一惊："什么？我、我咋着你了？"丑丫扑哧笑了出来："也没怪你呀！——这会儿害怕了？刚才你可胆儿不小！"成群有些发蒙，真怕丑丫胡咬他一口，急忙结结巴巴解释："丑丫，我……我刚才不……不对，可我……"丑丫打断他的话："你得了得了，咱赶紧走吧，人家要来个扫二茬咱就跑不了啦！来成群，你快扶我一把！"

二

经历了上山偷木头那个春夜，丑丫上马家去得更勤了，去了就帮着干这干那，把成群爹娘乐得合不上嘴，村里也传扬说成群丑丫对上了象，说这牛马凑成一家准过好日子。马成群的心却还扑在桃花身上。

那个新加坡华侨来了一趟就再没了影信儿。转眼到了八月节，沟里人过节也就是吃点香的喝点辣的，不过姑娘们过节时还有件大事，就是能洗个热水澡了。沟里的姑娘守着个热水泉却不能随便去洗温泉澡。据说早年有个贤良女子生了病，在泉中连洗了七七四十九天后，病是好了，人也变了，成了个招蜂引蝶的风流浪女。除了传说还有实事儿——头些年有个县文化馆干部那东西不灵便了，吃多少药也扶不起来，就慕名来洗桃花泉，后来洗得在沟里还打开了野食儿，回去后连他老婆都夸桃花泉"管事儿"。也许正为这些缘由，人们怕姑娘们"洗坏了"，不知从什么时候立下了规矩：平时禁止女子洗桃花泉，只有逢年过节才会放宽政策。

桃花泉在村南，离村一里多地，靠东山根。老泉子九尺见方，九尺深，全用大石条砌就，泉水清澈透底，上边热气蒸腾，下边咕嘟咕嘟开锅冒泡，能把鸡蛋煮得嫩熟。老泉子西边是浴室，男两间女一间，前边还有几间店房，是为沟外来的病人准备的。现在外人都回去过节了，男女浴室都让姑娘们占上了。因为白天忙收秋，丑丫到的时候，天已模糊黑了，她没有发现，有个人正敬在东山坡一棵歪脖树下向村里张望。

那个人就是马成群，他正在等着杨桃花。这阵子桃花老往镇上跑，那天成群好不容易找机会向她吐露了爱恋，可桃花却摇摇头笑笑走了。成群觉得还是自己嘴笨，没有说清，今晚他要向桃花再诉真情，他相信桃花会被他的真情感化。姑娘们来来走走都洗得差不多了，成群还没等到桃花的影。桃花爱打扮爱干净，不该不来呀？她是病了，还是又去镇上找小刘了？成群焦急地向村里张望着。

月光从西梁头曼延到了西山腰，又一群洗完澡的姑娘说笑着回村了。成群站起身，刚要顺着山坡回村找桃花，忽见一个人影从村子那边缓缓走来。虽然离得很远，可成群一眼认出那是桃花，他的心止不住跳了起来。

桃花和回去的几个姑娘打过招呼，来到了女浴室门前。成群见她进了屋，也不由自主地往下挪，刚到老泉子边，桃花又从女浴室出来了，成群不禁又停下了脚。桃花到男浴室这屋门口听了听，这才走了进去。成群慢慢靠到房山花，透过石墙他好像看见桃花在脱衣。正在这时，屋里说着话走出两个姑娘，成群紧紧贴在山墙上一动不敢动，生怕她们从这边抄近道。真是越怕鬼越招鬼，脚步真的走过来了，成群想跑已来不及了，他恨不得把身子贴进墙里去。幸好脚步到拐角停住了，一个说："这黑乎乎的，咱还是走大道吧！"另一个笑："亏你还是山里人，咋那么点胆儿？还怕有人把你抢去呀？""我这样的谁看得上，要抢也是抢你。——哎，走，到那边我跟你说个事儿，哎，你知道不，桃花呀……"

两个人的声音压低了，脚步声也拐到那边去了。成群透出一口气，想悄悄绕到房后跟上她们，听她们说桃花什么。可是拐到北墙角一看月亮都已到了大道上，他就不敢再跟着她们，也不敢再停留，顺着山坡想到歪拐榆下去等着桃花。可走了几步，他又回头望了一眼男浴室，一方灯光从男浴室后窗透出，牢牢地吸住了成群的脚。他痴迷地望着那方灯光，心中猛然蹦出一个念头……

那念头就像春天的草芽子，一冒出来捂都捂不住。马成群说着不能过去不能过去，可脚步却像被一条看不见的绳子牵过去，牵过去……

窗子比人高，成群垫了一块石头，又踮起脚来，然后深吸一口气，小心地向里望去。屋里昏黄的灯光里飘浮着薄薄的气雾，气雾顺着北窗飘到成群脸上，润柔温热。成群的目光小心地下探，再下探，他忽地血脉上涌，脑袋嗡的一声涨大——窗子不大，墙又较厚，成群只能看到桃花的上半个身子，还是侧影，但那毕竟是他头一回见到女孩的裸体，而且是他深爱的人，这怎能不让他心脏激跳，血脉贲张！

屋里只有桃花一个人，她坐在水池边，一手慢慢揉着小腹，眼睛望着下面，像在想着什么心事，神情迷离茫然……她的半个身子沐浴在昏黄的灯光和薄薄的水汽中，显得朦胧神秘；而她那突鼓润白的胸乳和那披散的长发更是叫人心头迷乱。那一刻他觉得大地在震颤，天空在旋转……

"抓坏人啊！抓流氓啊！"

猛然响起的一声女人的尖叫刺破了山夜的宁静，成群还未反应过来，紧接着又响起几个女人的叫骂和两个男人的厉喝。屋里的桃花闻声扭脸，一见有人偷看，也见鬼般尖叫起来。成群脚下一晃，就从石头上摔了下来……

当几个人围上去用手电一照，不由都吃惊地惊呼一声。牛丑丫则如当头挨了一棒，一下子僵在了那里。

原来女浴室最后出来的是丑丫、小萍她们几个，出来时月亮都已下了房。小萍不经意地回头时，晃见男浴室后墙的阴影里好像贴着个人，再看窗口上还照着个脑袋，她们赶紧跑到前边叫来了看店房的郑万库两口子抓流氓，没想到流氓竟是马成群。

成群爬起来，望着几个人仍是一副懵懵懂懂痴痴迷迷的样子。郑万库用手电照着他阴阳怪气地说："是成群呀？要洗澡该进屋啊，扒在房后可要受风着凉呀！"成群抬胳膊挡着手电光，好像还没明白过来。"真是人心隔肚皮，马成群平时挺老实个人，还有点腼腆，谁知竟会干出这种下作事！"郑万库媳妇气得骂起来。这时忙乱穿上衣服跑出来的桃花一见偷看她的是成群，愣了愣就捂着脸哭了起来。哭着哭着，桃花忽地扑上去要挠成群，没想到一直僵在一边的丑丫突然蹿上来挡在了成群身前，说："成群是我叫来等我的，是吧，成群？"

在场的人都愣住了，成群也愣住了。桃花哭道："等你？等你干吗偷看人家？"丑丫叫起来："谁看你来呀，成群是在找我呢！是吧，成群？"桃花怒道："你胡说！找你咋不上那屋去？"丑丫卡了卡，胡搅蛮缠说："不找咋知道我在哪屋？"桃花说："牛丑丫，马成群是你什么人，你这么护着他？"

丑丫顿了顿，拉过成群的胳膊仰脸叫道："他是我对象，咋着？"桃花披头散发哭叫："你们合伙糟践我，今天不说清楚我就……我就告你们去！"丑丫斗架小公鸡似的抻着脖子点指说："杨桃花，你告去吧，谁不知你们家镇里有人呀！你不告我们我们还告你呢，为啥这几年林子专批给你家？你们凭的啥，靠的谁？"

桃花让丑丫这句话给噎住了，丑丫抓住机会拉上成群就跑，也不管桃花在后边哭号叫骂。丑丫拉着成群顺着东山坡跑了一阵终于站住，然后使足劲给了他一个嘴巴。成群痛叫一声捂住了半边脸，丑丫则带着哭腔骂他下作。成群无话可说，抱头蹲了下去。丑丫又气呼呼上前扯起他："你不是眼贱吗？你不是想看吗？走！"说着拉着成群又疯跑起来。

丑丫拉着成群一直跑进了村前的小东沟。小东沟里秋月烂漫，在一边刚割倒的谷地边丑丫站住了，她足足望了成群有三分钟，然后胸脯剧烈起伏着开始解上衣纽扣。

成群瞪大眼，惊异地望着丑丫。

丑丫脱了外衣，又脱了秋衣，上身只剩了小背心，赤裸的臂膀被月光描勒出柔和丰满的光晕。"你不是想看吗？我让你看！"丑丫挺悲壮地说着，伸手就要抹那半截乳白的背心。

"不，不！"成群突然哑着嗓子痛苦屈辱地吼叫一声，一把推开丑丫，失声哭着跑走了。

三

丑丫肚子痛得越来越勤了，还常恶心。她一年到头难得闹回毛病，壮得牛犊似的，丑丫娘先还没当回事，后来见她干活没了虎劲儿，这才叫人捎了点药。药吃下去却不见效，丑丫娘又给她去看仙。其实肚子疼丑丫还没当回事，她主要还是心情不太好，又恨成群不理自己，又恨自己舍不下成群。人家搞对象都是男追女，自己却是送上门。马成群有什么了不起的，不就多识几个字么？论过日子他还赶不上自己呢！恨过骂过，丑丫依然丢不下成群。

丑丫的心情和身体就这么时好时坏的，不想到了冬子月，她的肚子却鼓了起来。丑丫娘背人审了姑娘一晚，可丑丫无论如何也不肯承认跟男人有过事，还急头败脸说娘给她泼脏水。可没孩子肚子咋会鼓包呢？丑丫娘发了火，问她到底跟谁有的孩子，丑丫也恼了，大叫一声："跟鬼！"丑丫娘吓白了脸。

桃花沟里大闺女养孩子不光彩也不算多丢人，可那得是有头有主的，揣上来历不明的孩子可就要让人看笑话了。到了这步田地，丑丫爹娘再不能遮掩，只好找来至近亲戚轮流开导丑丫，要找出孩子的爹。开始丑丫仍是铁嘴钢牙咬定没做过丢人事，可末了让大伙连劝带逼闹得没了主意，再加上大肚子在自己身上摆着，到那天半夜，晕头晕脑的丑丫终于供出一个跟自己挨过身子的男人——马成群……

经过八月节那场事，成群只觉自己在村里坏了名声，没法见人，真想一走了之。可他最终还是没离村，因为他依然放不下桃花，心底里还对她存留一线企望。可没想到杨桃花没等到，却先来了牛丑丫。

成群既不承认跟丑丫有过什么，更不认她肚里的孩子。牛家翻了脸，汉子们要劂他骗他，娘们儿们要抓他挠他。逼急了，成群就问丑丫到底怎么回事，丑丫却只是哭。成群别看平时有点酸样儿，到节骨眼上还挺有骨头，任牛家软硬兼施，硬是梗着脖子宁死不屈。这时候，一直恋着丑丫的梁满仓挺身而出来到牛家，认下了丑丫肚里的孩子。牛家正愁成群不认账，现在见主动来了认赃的，不由松了一口气。双方正要谈条件，丑丫却又旋风般扑进屋来，抬手脆生生给了满仓一个小嘴巴，又指了他骂道："梁满仓你别不知耻，哪个孩子是你的？你倒挺会捡便宜！赶紧给我走！"满仓涨紫了脸，直直望着丑丫："丑丫，我……"丑丫不等他说出话来，又缓了声道："你走吧，这都是马成群的事，跟你一点边儿沾不上！"满仓垂头丧气走了。

牛家人只好又请出村主任调解。李主任先向丑丫了解情况，丑丫就大概说了春夜偷木头挨抓她跟成群钻山沟的经过。李主任又去审问成群，成群也说了偷木头的事，也承认俩人吓得抱一块了，只不认干过别的。男女小青年黑天半夜在山沟儿里抱一块了，还能没点事儿？李主任觉得心里有了数，就到马家做工作，让牛马两家结亲家，还说彩礼好商量。马家老两口自然愿，可成群却死活不干。李主任也没辙了。

丑丫当初也是稀里糊涂咬出了成群，因为除了他，她再没跟别的男人挨过身子。当然丑丫也有顺水推舟就坎骑驴的心思，只当这下可以让成群立马把她娶过门去，快刀斩断他对桃花的痴心妄想。可没想到成群会这么没情意，到这份儿了还不认账。丑丫真恼了，跑到老马家当院截住那冤家，脸对鼻子地质问："成群，你到底想咋着？"成群着火燎烟地说："丑丫，你可别疯狗乱咬人，我跟你一点关系也没有！"丑丫两只眼睛瞪得溜圆，不认得似的定定瞅了成群半晌，忽然哇的一声哭出来，边哭边指着他骂道："马成群，你个没良心的，没想到你是这样的人！你说，在小狐狸沟梁后，不是你是谁？"成群急道："是我，可不是我，我……"他越急越说不清，气得对丑丫又挥拳头又扬巴掌，"你、你、你不知耻，敛罗大了肚子给我栽赃！"

丑丫肺都气炸了，呼哧呼哧说不出话来。成群爹娘一个劝丑丫一个骂成群，却是劝不住骂不服。丑丫见成群死活不认，反倒认定了肚里的孩子就是姓马的，她直瞪着成群鼓了半天劲，瞅准机会冷不防扑上前一把抓到他的脸上。虽然被成群娘死活拉住，成群脸上还是开出了两道血印子。丑丫两手被成群娘死死攥住就跺脚大骂："马成群，看你是个人似的，闹半天你的心都黑透了——把我糟践到这份儿上，你倒一推六二五！我也没脸活了，今儿我就死在你家了！"叫着她就往墙上撞头。成群娘拼出老命抱住，可哪是丑丫的个儿？硬生生给带出好几步。门口两个看热闹的女人也上来帮着抱住丑丫，可丑丫却疯了一般，不遗余力地哭骂挣扭，衣扣也挣开了，头发也披散了。

这时成群已让他爹拉扯到房山花，成群爹又骂又劝："傻小子，亏你念了那么些年书，咋送上门的便宜都不知道捡呀？你别擀面杖吹火不通气儿了，她肚里的肉是你的也罢不是你的也罢，赶紧给我认下她！"成群摸着火辣辣的脸憋出一句："要认你认，我认不着！"成群爹抬手一个嘴巴子，打得成群又捂着那半边脸哭起来。成群爹咬牙呸他一口，扔下儿子跑到前边，对哭天呼地的丑丫挺豪迈地放出一句响炮："丫头甭哭了，这门亲事我应了！"

丑丫立时止住哭嚎，门口两个女人却掩嘴窃笑起来。成群爹立时悟到话说荤了，忙又红着老脸改口："丫头你放心，我跟你大娘做主，就认你这个媳妇了！"丑丫虽觉别扭，可到这地步不下台阶就没路了，便挤把鼻涕抹把泪，气哼哼问："这不叫包办么，成群能应？"成群爹拍着硬邦邦的胸脯子下保证："啥包办不包办，连这点权力都没有，我还算哪门子爹！"这么说着他又眨巴眨巴眼睛咂巴咂巴嘴，叹口气说事情太急，家里没准备，一时半会张罗不到钱。丑丫明白他的意思，上前一步说："你要说话算数，我们家一分钱不要！"

成群爹喜出望外，老眼放着光说："你这话顶数？"丑丫大声说："我自己的事自己就做主了！"成群爹一拍大腿："行，咱爷儿俩这就说定了，谁也不能反悔啊！"

干巴两句话，老公公跟儿媳妇就说定了亲事，大伙都觉着新鲜。

四

别看成群爹跟丑丫砸定得痛快干脆，可往下的事却一点也不顺利。牛家那头爹娘不认把闺女白给人家，马家这头成群又死活不要丑丫，事情又僵住了。可看闺女肚子越来越大，牛家这头先沉不住气了，怕把孩子真生在娘家，就忍痛答应了亲事，却又不甘心地说彩礼钱算马家欠着呢，早晚得给。马成群不肯去登记领结婚证，成群娘把丑丫往过一领就算接到家了。

丑丫挺着大肚子进了马家，见除了两套新铺盖，连件家具都没添，一辈子一回的大事就这稀里糊涂过来了，不由心里一酸，眼泪直打眼眶。可反过来想想总算跟意中人到一块了，往后俩人好好过日子，也不在一时红火，丑丫又心宽了许多。

可是成群让爹娘死拖活拉弄回家，见了丑丫却跟仇人一样话都不说。晚上，成群爹露出拼命的架势方才把成群拦挡在家里，老两口又好说歹说，总算把他圈到了西屋。成群爹娘只当一件大事完成，舒口气回到东屋。

西屋里，丑丫已把两床新铺盖紧挨着铺到一起，可成群却低个头坐在柜根儿那，跟个上刑的犯人似的，丑丫叫几遍他也不应。前段成群对丑丫还有些好印象，现在他却恨死了她，他认定丑丫是跟别人有了孩子嫁祸于他，他觉得丑丫太卑鄙太恶毒，不是怕气坏了爹娘，他会毫不留情地把她赶出去。

成群不吭气，丑丫又上了火，可想想今天是过门头一天，她又压下火脱巴脱巴先钻了被窝。过会儿成群忽地站起来，把他的铺盖使劲拖到了炕梢，衣也不脱就扯过被子把自己蒙了个溜严。丑丫再忍不住，不一会儿泪水就打湿了枕头。

柜上，一对红烛也流了泪，不一会儿屋子就暗了下去。

早上，丑丫忍着肚子疼起来做饭。成群娘拦不住，见她两眼红肿，想问却又闭上了嘴。一会儿成群也夹着铺盖卷出来了，说要到学校睡去。成群娘边拦挡边叫老头子，正在外边打扫牛粪的成群爹跑回来，气得要砸断他的腿。成群走不了也不肯回屋，正在这时丑丫也抱个被子出来了，说："让他走吧，他走哪我跟到哪！"成群气鼓鼓问："跟着我干啥？！""嫁鸡随鸡嫁狗随狗！"成群冲她嚷："你嫁谁了？谁跟你结婚了？"丑丫理直气壮："我嫁你了，跟你结婚了，昨黑夜你跟我一个炕睡了，这肚里的孩子也是你的，马成群你后悔也晚了！"

成群还要再说什么，娘却抓着手求他："儿子，你消停点吧，你看你媳妇肚子都到啥份儿上了？娘求求你了，这会儿咱山沟子娶房媳妇多不易呀！你有了媳妇还不知足，可你哥……"说着娘就掉下泪来。成群也就再张不开嘴，挪不动腿。

于是成群丑丫还是一个炕睡，还是一个炕头一个炕梢。见成群不再坚持走，丑丫也就不去惹他，只求过阵子他能回心转意。过了两天丑丫肚子忽然疼得止不住个儿了，娘叫成群赶紧去请接生婆。成群虽不情愿，可见丑丫那样也不敢耽搁，蹬上车子到沟门去接接生婆。当成群带着接生婆气喘吁吁赶回来时，刚进村就听说桃花生了，是个白胖小子，成群一身热汗立时冰凉冰凉。

丑丫在炕上抱着肚子正打滚叫娘，成群娘盼星星盼月亮总算盼来了接生婆。可接生婆上炕看了半响，摇头直叫怪，说接了多少个还没见过这样的呢，叫赶紧往镇医院送。成群娘忙着叫成群，可吆喝半天没人应，这才想起成群回来根本没有进屋。大儿子马成帮又不知到哪耍钱去了。成群爹正要套马车，梁满仓闻讯赶来开着三蹦子送丑丫下了镇。

谁也没料到，丑丫鼓溜溜的肚子里揣的不是孩子，却是割出了十几斤的瘤子，更让人想不到的是，医生说丑丫还是个黄花闺女。

听说小两口还没合过房，成群娘心里就犯开了嘀咕。丑丫躺在医院直找成群，马家牛家人都不敢跟她说实情，只说他出门借钱去了。拆线后，丑丫被接回马家，进门还不见成群，丑丫不干了。成群娘还要瞒着，丑丫娘却揭了老底儿："傻丫头，你还蒙在鼓里呢？马成群那坏心烂肺的撂下你跑了，还打回信说跟你结婚不合法，死活不认你这壶醋！"

丑丫其实早已觉了景，只是不愿那么想，现在窗户纸一捅破，她哇的一声哭了出来。丑丫娘要把闺女领回去，成群娘就拦挡，两个人正吵吵，丑丫却止了哭号说："我哪也不去，他马成群欺负人，想把我挤出去，我偏不让他遂心如意！"

任娘说干了唾沫磨破了唇，丑丫坚决不离马家门，她不信马成群一辈子不回来。

可是一直等到年根，丑丫也没等回马成群，这天倒是等来了李主任。李主任是来给丑丫做媒的。主意是成群爹娘想出来的，他们打心眼里中意丑丫这媳妇，见她整日愁眉不展的样子，他们觉得是马家对不起她。眼看要过年了，万一成群还不回来，这媳妇怕是就得放飞，焦急中他们突发奇想——既然成群不要丑丫，何不让丑丫跟大儿子成帮凑成一对儿？那样一来让大儿子成个家，也省得他游手好闲不务正业，二来又留住了丑丫，这才叫两全其美呢！老两口让这主意兴奋得一宿没睡，早上起来就去请来了李主任……

尽管李主任说得挺婉转，丑丫还是很快明白了他的意思，她立时恼怒起来："哦，你们拿我当什么人了，想给谁就给谁呀？马成群跑了我跟马成帮，马成帮再跑了我就得跟他爹吗？我嫁的是马成群，不是老马家一窝子！"李主任被抢白得好不尴尬，过了会儿又说成群要老不回来，这样下去也不是长法呀。丑丫闷了半晌，抬起头坚定地说："到了这步我也没别的话——我认等他三年！"

五

过年时马成群真就没回来。丑丫原打算过了正月十五就跟沟里几个后生出去找活干，一来摆脱不尴不尬的处境，二来也能找找成群，兴许瞎猫就能碰上死耗子。可是马家老两口怕她走了再不回他们马家门，死活不放她走。成群娘拉着她的手流着泪说："丫头，是我们对不起你，别看成群不成器，可我们一辈子拿你当自己的闺女……咱家是穷，可有一口饭咱们分着吃，要饭咱们一块去，让你一个人出去受罪娘不应！"说到这份儿上，丑丫再不好坚持走了。为了打发难熬的时日，她就拼命干活，还自己开了一片荒。

转眼到了第二年春天，丑丫这回说什么也要出去。不料天有不测风云，正当丑丫收拾东西准备离开桃花沟时，马家却摊上了塌天大祸——成群爹上山打柴时摔落山崖，没抬到家人就不行了。没了公公，大伯哥又整日不见影，家里只剩了婆婆一个人，丑丫又不忍心走了。后来成群娘又得了脑血栓瘫在炕上，丑丫想走也走不了啦。

这晚丑丫给成群娘喂过饭、药，又擦了身子接了大小便，刚忙活完满仓又过来了，问了大娘的病情，又问丑丫还有没有钱。丑丫点头说有呢。这时成群娘就说困了，丑丫满仓给她掖好被子，悄悄出来。从公公死到婆婆病，娘儿俩一直一屋做伴儿，这阵子成群娘说天热了，那屋子有味儿，高低又把丑丫撵回西屋。

丑丫满仓走到外屋，丑丫说待会儿吧，满仓顿了顿，就跟她到了西屋。满仓坐在炕沿边抽烟，丑丫倚在柜根随手纳起了鞋垫儿，两个人都不说话。

屋里渐渐弥漫了烟味，更有一股子浓浓的男人味。有个男人在屋，这家才有了家味——这感觉让丑丫心里一热，鼻子一酸，她真想扑上去抱着满仓大哭一场……

窗外淅淅沥沥下起了小雨，丑丫只觉那雨声很远，很远，像梦一般不真切。

满仓站起来说声"回去了"。待他走出去，丑丫才想起去送他。外边真的下着雨，一滴暖一滴凉的。到了大门口满仓又站住脚，转身望着丑丫，一口连一口嘬着烟，烟头在雨中一闪一闪，红红亮亮，映出满仓一张黑红的脸和一双亮亮的眼。对着这张脸这双眼，丑丫忽然有些发怯。

满仓依然不说话，只是牢牢望着丑丫，丑丫终于慌乱了，想走，可未等转身，满仓却突然伸手抱住了她。丑丫竟一动未动，毫不挣扎，好像一点防备都没有，又好像早有准备。满仓紧紧搂着丑丫，丑丫一身力气一下子跑没了，骨头也酥软了，浑身虚软得像一团棉花。她闭上眼的那一刻，好像看见她久久盼望的人正从远方向她跑来……

丑丫被满仓死命贴到他滚烫而又潮湿的胸膛上。他身子浓浓的汗气熏得她醉了一般，她忘了天忘了地，忘了这个人是谁，她只觉到了从未有过的软弱和无比强烈的渴望。她两手无力地紧紧抱住男人的身躯，紧闭了眼，半张了嘴，痛苦般呻吟起来。终于，满仓的嘴唇亲到了丑丫的脸上，笨拙而又急促有力。丑丫只觉自己正向天空中飘去，她兴奋而又恐惧地挣扎、呼叫，可她却发不出声音……

透过一口气，丑丫终于迸出一句："成……成群……成群……"

只这一句，两人就都僵在了那里。

丑丫不知道满仓是什么时候离开的，她进屋时，衣服早已湿透了。摸黑躺在炕上，丑丫却是一点困意也没有，耳边的雨声没头没脑淅淅沥沥……

忽然，外边好像有轻轻的脚步声，有人走了过来。丑丫心里一跳——难道是满仓又返回来了？

脚步声轻轻怯怯走到近前，半晌，屋门被推了一下，接着又响起了敲门声，也是轻轻怯怯的。丑丫动也不了啦，好像气儿都喘不上来了。

敲门声继续着，轻怯而又固执。丑丫终于穿衣下地，开了灯，然后走到外屋门口，犹豫片刻，终于拉开了门闩——湿淋淋的夜里站着一个湿淋淋的人，不是梁满仓，而是个丑丫等了两年半的"陌生人"……

屋里屋外的两个人都惊愕意外地呆望着对方。

咬他、捶他、骂他，不许他进屋或是扑在他怀里痛痛快快哭一场——丑丫无数次设想过成群回来的情景，可现在面对成群，她却连话也说不出来了，只是嘴唇颤动着，止不住的泪水把这湿淋淋的雨夜打得更加潮湿……

六

马成群怎么也想不到桃花沟一切如旧，他的家里却出了那么大的变故——爹死了，娘瘫了，哥哥成帮赌钱和人打了起来，结果伤人致残，被判了刑……这一宿成群和娘说了一夜，娘一会儿哭一会儿笑的，一遍遍只说多亏了丑丫。是丑丫替他发丧爹，给娘治病，这一年来又是丑丫为娘煎汤熬药，端屎接尿，没烦过没嫌过。成群娘说："亲闺女也不准能这样，成群呀成群，不冲等你两三年，单冲她这么伺候我，你也不能对不起丑丫呀！"

第二天，成群和丑丫到小东沟给爹上了坟。在爹坟前他喃喃对丑丫说："丑丫，我、我对不起你……"丑丫眼一热，忙扭过脸去。成群想对她说声谢，可他知道一声谢对丑丫来说太轻太轻了。

到沟门碰上了梁满仓。满仓拉着娘去看病，满仓垫钱给娘买药，满仓帮着收拾地照顾家——成群已从娘和丑丫的嘴里知道了这些，他上前握住满仓的手，却是一句感激的话也说不出来，那目光和手上的力量胜过了他能想出的所有语言。

"你要再不回来，我真要把丑丫抢走了！"满仓说着重重拍了拍成群，嘴唇动了半晌，好多的话最后只说出一句，"好好待她吧！"

你该嫁给满仓啊，他才最值得接受你的一片痴情——成群差点忍不住对丑丫说出这句话。

晚上，在娘的催促下，成群跟丑丫过了西屋。两人炕边一头一个坐了，一时不知说什么好。丑丫随手拿起了针线，成群肚里却是回肠百转。前年冬天他回来过一趟，到镇上打听到丑丫没生孩子而是割了瘤子，这才明白他和丑丫都是错怪了对方。成群想回家，可听说丑丫还在等着他，他又犹豫了……虽然成群感念丑丫对自己的一片痴情，可最终他还是咬咬牙又走了。走后成群先是写信不留地址，后来又近一年不给家里写信，就是要冷丑丫的心，绝丑丫的意，可他实在没想到丑丫会一直等他到现在，还替他对爹娘尽了孝。现在，成群又跟比三年前沉静许多的丑丫坐到了一条炕沿上，他对她不仅感激，而且还满怀愧疚，他没有理由再像三年前那样对待她……

一切似乎都已不可改变，今晚他应该服从命运的安排。可成群一点心理准备都没有——既有今日，何必当初呢？他像怀揣一团乱麻，越理越乱。

"行了，你也别犯难了，天也不早了，歇着吧。"丑丫尽量把声音放平静。成群回过神来，扭头却见丑丫已像三年前一样铺好了被窝，而且是分开铺在了炕两头。成群有些发怔，直到丑丫又催促了一声，他才和衣钻了被窝。

被子还是三年前盖过的新被，又经丑丫拆洗，盖在身上松松软软。体味着土炕的温热和土香，成群感到异常亲切。他双手枕在枕上，望着窗外凝重的大山、深邃的天空、金黄的星星，听着几声狗叫几声虫鸣，享受着久违的乡情。

但是成群很快又走出了山村——他在阴黑潮湿的矿井下向上攀行，背上的黑煤压得他直不起腰来；他站在高高的脚手架上，汗流如雨，头晕目眩；他在喧嚣拥挤的马路上孤独地寻觅着，饥肠辘辘，茫茫然然……成群想念被他抛弃的桃花沟，想念那满坡的桃花，一池热泉，想念养他的爹疼他的娘，想念让他伤透了心却又忘不掉的杨桃花，也想念那个被他伤透了心却又放不下的牛丑丫……在城市遭到了男人女人的白眼，成群就更加怀念家乡那个对他无限痴情的美丽姑娘牛丑丫。他走啊走，跑啊跑，要回家找丑丫，可是当他疲惫不堪地走回村口，却看见披红挂彩的丑丫正被满仓接走……

从梦中醒来时，成群身上汗津津的，他突然产生了一种冲动——他想过去抱抱丑丫，好像要以此来证明他是真真切切回到了家里……可是欠起身，听听那边好像睡得很熟，成群又慢慢躺了下去。

其实丑丫还一直没有睡着。

好不容易把成群盼回来了，却仍是炕头炕梢近在咫尺如隔重山，丑丫哪能睡得着呢！她在一遍遍问着自己：难道九百多个日夜自己盼来的就是这个结果吗？

丑丫无比强烈地渴望得到心上人的爱抚，哪怕他只是像当初在山上那个春夜一样抱抱她，她也会感到无比满足……可是丑丫不敢轻举妄动——那么长的日月都熬过来了，好在成群已经回来了，她不能再把他吓跑了。

不知过了多久，丑丫终于忍不住了，她悄悄地伸出手去，想要摸一摸炕梢的人。可是伸手她却摸了个空，望望，模模糊糊中，炕梢好像离她好远好远……

第二天，成群找上李主任，坐着满仓的三蹦子下了镇。那晚成群跟李主任没回来，满仓却传回了一个喜讯——马成群在外招商引资，招引回来一个南方大款孙经理，孙经理要投资开发桃花沟了！

<h1 align="center">七</h1>

三天后，桃花沟敲锣打鼓迎来了孙经理。丑丫见成群和孙经理、镇干部们走在一起，心里很是自豪骄傲。

看过了热闹，大伙只怕又是狗咬尿脬——白欢喜一场。不想这回孙经理住进村主任家新房里不走了，还有个镇干部陪着，李主任媳妇每日专为他们做饭洗衣伺候着，大伙都说这回好日子真是要来了。

安顿下孙经理，成群也回到家，小声跟丑丫说孙经理叫他也搬过去住，有事方便。其实成群还没想好他跟丑丫到底该怎么办，想过阵子再说。丑丫呆了呆，冷笑道："你不就为躲着我吗？"成群不禁满面愧窘，结结巴巴说："不……不是……是为了开发的事……"

丑丫闷了半晌，上炕卷起铺盖卷，白了愣怔怔望着她的成群一眼说："走哇，我送你去！"

丑丫把成群的铺盖亲手放在李主任家新房炕上，那孙经理侉着腔问成群是不是他媳妇。没等成群答话，丑丫就已挺大方地先嗯了一声。孙经理眯眼上下打量着丑丫，对成群说："把这么漂亮的媳妇丢在家里，你倒出来打光棍儿，你脑袋没进水吧？"成群就好不自在地干笑笑。

丑丫出了大门口，成群又追出来，愧疚地说："你还得多受累照顾娘，我天天回去看她……"丑丫瞪着他说："要等你这句话，娘早饿死了！你好好张罗吧，把咱这沟领到富道上，我脸上也光彩！"说着竟红了脸。

吃过晚饭，成群陪着孙经理去洗桃花泉。出院不远，却见一个女子站在当街，脸依旧白净俊俏，就是穿得有些邋遢，身边领着个两三岁的孩子。那女子正是杨桃花。成群已听说了桃花的遭遇：她跟小刘有了孩子后，小刘却不肯认账了，她娘就撺掇桃花生下了孩子，然后抱着孩子去镇上找小刘，谁知小刘已经调到县城去了，听说已结了婚……桃花觉得没脸见人，喝了卤水，多亏发现得早，救过来了。现在她领个没爹的孩子住在娘家，镇计生站还来罚过两回，娘家急着要把她嫁出去，可梁东河西介绍了多少个，桃花没一个中意的，不是嫌家里穷就是嫌人不济……

现在见桃花那样子，成群不禁暗暗叹口气，倒近前不知该说些什么，倒是桃花先笑着跟他们打招呼。孙经理上前摸着孩子的头，眼睐着桃花的脸连夸漂亮，走过去了还不断回头冲桃花贼笑，又向成群打听她是谁。

改日，成群看娘回来，进院却见桃花身着大红袄紧身裤，头发梳得光溜溜，眉毛修得弯又长，嘴上红鲜鲜，脸上白粉粉，胸脯鼓喧喧，打扮得比三年前还惹眼。成群一时看得有些呆了。正剥葱的桃花瞟着他含笑说："村主任叫我来给你们做饭的。"成群猜到这是孙经理的主意。

沟里开始在桃花泉旁打地基修疗养院，还拉回了一个卫星天线，村里很快就要看到电视了。大家都夸成群给家乡招来了财神，满沟人都沾了他的光。

孙经理不是到镇上喝酒搓麻，就是说到市里筹资金、回老家照顾生意，在沟里住的时候并不多，那个镇干部也是今儿回去看老娘明儿又要看老婆，工程的事都是成群照料着。成群虽说操心受累，可想到不久家乡就能脱贫致富，心里总是很兴奋。这天他从工地回来先回家看了娘，说等忙过了这阵要跟孙经理借些钱带娘到城里大医院去看病。娘说她不要紧，让他先忙大事。说了会儿话，成群要走，丑丫说她剁了些嫩苣荬菜，让成群也回来吃，成群应着走了。

回到李家新房子，只有桃花一个人在屋，成群就告诉她今晚不用做饭了。见桃花低头不语，成群诧异，忙问咋了。成群一问，桃花就抽抽搭搭哭了起来。成群走过去，关切地问她是不是家里有什么事，桃花的眼泪越发像断线的珠子噼啪往下掉。成群很不安，又不知说啥好，这时桃花掏出手绢擦了擦泪，抬起俏脸似嗔似怨地望了成群一眼，这一眼看得他心里一颤。桃花这才幽幽开口说："都怨我娘……"成群一时摸不着头脑，以为她在家又受了委屈，正想安慰几句，桃花又说："其实我心里早就有你，可我娘千拦万挡，她为了家里多批林子，就让我跟小刘，我这辈子算是毁了……"说着又哭了起来。

成群心里隐隐刺痛。

呆愣半晌，成群慢慢伸出手去，轻轻碰了碰桃花的肩，柔声说："桃花，别哭了，往后……"谁知话没说完，桃花已一头扑进了他的怀里。成群也不由自主搂住了桃花，那一刻他突然明白了——这三年桃花还一直藏在他心底！

成群渐渐把桃花搂紧、搂紧。闭上眼，他就仿佛看见了蓝天白云、绿水青山，还有满沟满坡鲜艳芬芳的山桃花……

痴迷中，成群忽然发现在桃花丛中，有一双泪眼正深情地望着他——是丑丫！成群打个哆嗦，不禁一下推开了怀中人，不知说了句什么，就转身逃了出去。

成群跑出屋，只见丑丫正一脸霜雪地站在门口。

回家吃完了饭，丑丫就让成群过西屋去，成群不明白干啥，丑丫说娘该解手了。成群立时愧得满面发烧，上前要给娘解衣。丑丫推开他说："快过去吧，用不着你！"

丑丫伺候好娘刚过西屋，闷头坐着的成群忙说："丑丫，我今天是……"丑丫说："甭说了，我都看见了，要搁头几年的脾气，我非跟桃花拼命不可！可现在你给大伙办着大事，我不能给你脸上抹黑，你自己也该要刚要志——当初桃花一心攀高枝，没瞧得起你，让人家甩了，又见你有了点出息，倒来勾搭你了，你也别昏了头！"她越说声越高，忽听那屋娘咳了一声，她忙住了嘴咬住唇。看她那样，成群真想上前握住她的手说声对不起，可他没动也没说出口。

这天晚上，成群一个人躺在李家新房里，眼前一会儿是桃花，一会儿是丑丫，一会儿又是桃花丑丫跟他打架……正自胡思乱想，忽听外边有人轻轻走进院来。成群听出这是桃花的脚步声，他的心不禁响鼓似的跳起来。

脚步声停在窗外，歇了歇，就又响起了敲窗声。随着敲窗声不断加重，成群的心好像要从胸腔里蹦出来了。可他的身子又像被定住一样一动不能动。

外边桃花又轻柔地唤起来："成群，成群，睡着了吗？开开门，我有话跟你说……"

成群依然不应不动。

窗外响起了桃花的低泣，然后那脚步声终于失望地慢慢走远了。

第二天桃花见了成群爱理不理的，可一见孙经理回来了，便面绽桃花地迎了出去。又过了几天，桃花就戴起了金黄的耳环项链和戒指，并故意显摆似的在成群面前走来走去，还当着他的面和孙经理打情骂俏。成群心里好不是滋味，却又什么也不好说出来。

八

成群娘这两天挺不好，吃不下饭，贪睡，脸也不是色儿，还常说胡话。成群要带娘去山外治病，娘却坚持要成群丑丫先去登记办证，让婚事合了法，回来再红红火火办场喜事才肯去治病。她说从前太委屈丑丫了，不看着成群和丑丫成了真夫妻她死也合不上眼。

这天，成群丑丫下镇去办结婚证，临走成群有事要找孙经理。李家新房没人，成群猜他又去泡澡了。孙经理在沟里住不惯，却洗服了桃花泉，来了每天都去泡着，说真是壮阳。成群他们走到桃花泉那，成群叫丑丫在路边等着，他进去找孙经理。

因为当地不许女子随便洗澡，平时来洗浴治病的女客又少，孙经理一来就把女浴室占上了，只供他一人专用。成群正到屋门口，推推门，门闩着，他也没多想，从窗眼里伸进手去拨开，开门撩帘就进去了。进去他就傻了眼——薄薄的水雾中，有两个光溜溜的身子正搂抱在水池中——黑的是孙经理，白的是桃花！

那一刻成群的眼睛瞪得老大，眼珠子忽地充血，通红通红，心里却一下子空空荡荡。

水池中的两双眼睛惊惧地望着他。

成群下意识地往前跨出一步，左右寻找武器。孙经理结结巴巴叫起来："成、成群，你要冷静……"他的话音未落，成群猛然一拳捶在了水泥墙上。

在桃花的惊叫声中，成群跌跌撞撞从女浴室跑了出来，骑上车子发疯般向前猛蹬，丑丫在后边呼喊他也像没有听到一般，眼前只闪烁着桃花白光光的身子，结果一转弯就猛然撞到了一块大青石上。

镇上没去成，结婚证没领上，成群的腿还摔伤了，脚脖子肿得老粗不敢走路。于是马家东屋是娘，西屋是成群，都需要丑丫伺候。

那天成群娘昏昏沉沉的，也不吃东西。成群的腿虽还未好，可他觉得不能拖下去了，就盘算着跟谁借点钱，明天说什么也要带娘去山外治病。正在这时，外边响起了吵嚷声，开始成群还以为是有人吵架，没想到吵嚷声越来越近，很快来到他家门外。成群正诧异，一个后生进来说大伙叫他出去一趟。成群拄根棍子拖着一只脚来到大门口一看，不禁有些吃惊——一大帮子人都屯到了他家门前，而且个个脸色都不好看。

原来成群摔伤后，孙经理也走了，而且走了好几天都没动静。工程没人负责，李主任去找他，到镇上才听说孙经理拐上镇里四十万蹽杆子了。大伙一听这个消息都觉得是成群把骗子引回来的，于是纷纷来找他讨要工钱料钱。

成群一听这消息也大吃一惊，还有些不信，说孙经理不会不回来。大伙说姓孙的回不回来他们也不能白搭工白搭料，叫成群赶紧给钱。成群刚解释几句，大伙就叫起号来，说没家贼引不来外鬼，说马成群帮着骗子坑家乡人，说马成群从中也得了多少好处……在大伙越说越激愤的当口，郑万库上前一把夺下成群手中的棍子喊叫："这小子没一点好杂碎，头两年耍流氓，这会儿又里通外国，咱们揍他！"说着就动了手。成群没了棍子拄着，又挨了郑万库一拳，一下子跌倒在地痛叫起来。但他的叫声却被人们愤怒的喊嚷淹没了，有两个后生挤上前也要动手。

"住手，我看你们谁敢再动他一下！"

一声尖厉的叫声杀落了大伙的喊嚷。人们定睛一看，只见马成群身前站出了握着棍子怒目而视的牛丑丫，地上多了一个捂着屁股叫娘的郑万库。

丑丫是回娘家借钱刚回来，她愤怒地用棍子点指着众人："你们有没有人味？成群为了大伙过好日子，自己累瘦了，娘病成那样顾不上去看，可没人给他一分钱，他也没贪过大伙一分钱！现在姓孙的跑了，你们还把罪过都推到我们头上，你们黑不黑心？"

人群变得鸦雀无声。丑丫扔下棍子，回身背起成群就走，走到大门口又回头喝骂一声："滚！你们全都滚！"

人群呆住了、僵住了。

丑丫揣着满腔恼愤，背着成群回到外屋，没进西屋先往东屋望了一眼，一望之下却见成群娘趴在地上，身边还落着枕头，一双手往前伸着，看来是听见了外边的吵闹想爬出去救儿子。丑丫大叫一声，扔下成群扑了进去，把娘抱在怀里哑着嗓子呼叫，成群也扑进来跪在娘跟前连声哭唤。半晌，成群娘轻微地呻吟一声，慢慢睁开了无神的两眼茫然地瞪着前边，一只手颤抖着往起抬。成群抱住了娘的手，哭得泪人一般，声声唤娘。成群娘另一只手无力地微微颤动着，寻找着，抓摸着，直到丑丫握住了这只手，成群娘方才慢慢合上了双眼……

九

发丧了娘，这天成群丑丫一早在小东沟给爹娘烧了纸钱，又哭了一场，然后成群就站起身，背上包挂上棍子，要出山去找孙经理讨说法。走着丑丫又劝："你脚脖子还没好利落，过几天走行不？"成群摇摇头说："一天找不到姓孙的，我一天也安不下心！家里就剩你一个人了，锁上门，先回去住几天吧！"

丑丫不说话，半晌方才沉声说句："我等你回来！"

不觉到了沟门儿，不成想沟外大道上站了那么多人，都在默默等着成群。成群没敢让大伙知道他要去找孙经理，他怕大伙以为他也要跑，他本打算找到孙经理后讨回工资再回来见乡亲，没想到大伙还是知道了。他以为大伙要拦挡他，没想到李主任走上前对他说："咱走吧，满仓送咱到镇上坐车去！"成群疑惑地问李主任："你也去？"李主任拍拍身上的兜子笑着说："你拐着个脚，咋让人放心啊！再说这是咱整个桃花沟的事，不能光靠你一个人呀！大伙也是来送你的，大伙都觉着挺对不起你的！"

成群只觉心里发热鼻子发酸，忙扭过头去往三轮车走。这时人群里走出了桃花娘，她怀里还抱着桃花的孩子。桃花娘抹着泪说："成群呀，主任呀，要是见着我那狠心的闺女，你们可千万叫她回来呀！"

跟孙经理一块失踪的还有杨桃花。

桃花娘怀里的孩子也哭叫着找娘。成群觉得这一切全怪自己——不是自己引来了骗子孙经理，乡亲们不会受损失，桃花也不会被拐走。他忍着愧忍着泪，拍拍那孩子，掉头就上了车。这时丑丫忽然带着哭腔喊了句："马成群，早点回来，我等着你！"

马成群一句话也说不出来。

这时忽然有人叫起来："快看快看！"大伙寻声望去，只见一辆警车开了过来。

警车开到惊愕的人群前，车上跳下两个警察，还有那个常驻桃花沟的镇干部。镇干部指着成群说："他就是马成群！"一个警察说："孙来福诈骗一案与你有关，跟我们走一趟吧！"

人群一片死寂。

眼看马成群给戴上手铐要被推上警车，丑丫突然不顾一切地扑上去挡在车门前，高声叫喊："成群没犯法，成群是想给大伙办好事，你们不能抓他！"她叫着抱住了成群。

警察往一边拖扯丑丫，丑丫却已抱着成群扣死了把，怎么也拉不开。一个警察喝唬道："再不放手把你也带走！"丑丫毫不示弱地叫起来："带走吧带走吧，我要跟成群在一起！"那个警察火了，真要把丑丫也带走，李主任和满仓一看不好，忙上前连劝带拽，弄得满头大汗总算把丑丫从成群身上扯开了。

可是警车一开，丑丫又挣开满仓的手，嘶声哭叫着追出了老远……

幸好那个孙经理很快被抓捕归案，马成群的问题才很快弄清了——成群并不知道这个"孙经理"是个骗子，他本身也是个受骗者，而且出发点是为了使桃花沟尽快脱贫。至于镇上被骗走的四十万巨款，责任主要在镇领导，因为他们被孙来福的小恩小惠和诱人许诺迷住了眼。事情弄清了，但马成群并未轻松，他觉得骗子是他招引回去的。本想办好事，结果造了孽，他不是骗子也跟骗子没两样，没想坑乡亲也把乡亲坑了，他觉得自己再也没脸回去见乡亲们了。

可是当马成群从县公安局走出来时，却有两个人在那里等着他了——是桃花沟的李主任和梁满仓。

马成群要扑过去抱着他们痛痛快快哭一场，可他的身子却木木的，只有泪水尽情地淌了下来。李主任向后指指，闪开身，成群这才发现，在李主任和满仓身后，牛丑丫正一脸泪水地望着他。

几个人接上成群，坐上了回镇的班车。在车上成群听说桃花已被姓孙的拐卖，公安机关正在全力解救。

坐了几个小时的班车回到镇上，成群他们又坐上了满仓的三蹦子。可是三蹦子并未直接回村，而是开进了镇政府。

从镇政府出来时，成群和丑丫已各揣了一本大红的结婚证书，成为法律承认的夫妻。

回到村里，趁着天还不晚，李主任、满仓和乡亲们给马成群和牛丑丫操办了婚事。婚礼简单热闹，敲锣打鼓，放鞭放炮，录音机里还放着河北梆子《大登殿》。马成群任由大伙摆布，牛丑丫满脸是喜，满眼是泪。

人客散尽后，成群丑丫一边一个又坐在了炕沿边。两个人就那么静静地坐着，丑丫觉得她和成群已这么坐了很久、很久。

柜上，一对大红喜烛亮亮地燃着，墙上是几幅红火喜庆的新年画，窗上是一对大红双喜字，屋里漂浮着热烈而又神秘的喜气和红意。这是丑丫几年来盼望、等待、梦想的时刻，可现在她又觉得这时刻有些像梦，她不敢动一动，生怕把自己惊醒了。

不知过了多久，丑丫终于开口轻声问："当初我错怪了你，你还恨我吗？"成群说："咳，都过去的事了，还提它干什么，再说我也错怪了你……"丑丫说："现在咱们登了记拜了堂，算是合法夫妻、真两口子了不？"

成群料不到丑丫这样问，便点了点头，低声说算。丑丫声音发涩地说："行，能有今天，我这三年等得不冤！"

成群不知该说什么。

过了会儿丑丫平静了声音又说："咱俩成了合法夫妻，我就跟你把窝在心里的话都掏出来吧。你马成群对我有情无情是你的事，可我不知是太下贱还是上辈子欠你的，别人对我多好我都撇不下你……可我也知道，你是个心高志大的人，跟我怕委屈了你，我跟你做了回真夫妻，也该知足了。现在我也想明白了，强扭的瓜不甜，你要真不愿意，明天咱就把结婚证还回去，要走你就无牵无挂地走吧！"丑丫说完起身开了箱子，拿出了一个小包袱，解开，里边全是鞋垫儿，鞋垫上有的绣花有的绣叶，有的绣红双喜字有的绣戏水鸳鸯，得有二十多双。丑丫把鞋垫送到成群跟前说："你要走，我也没啥稀罕东西送你，要不嫌，就把这些鞋垫带上，走出多远，也好能想起家里还有人惦记你……"

成群心情复杂地来到了院外。

天是阴的，阴得很严，几乎把大山的轮廓都融化掉了，又好像是大山悄悄长高了，把天空占据了。身后的村庄像一棵老树，深深地扎根在大山里。脚下的山路像一根破麻绳，疙疙瘩瘩，却是通向山外的。马成群想顺着这条山路一口气跑出去，可走两步又像有根看不见的线牵住了他的脚。成群回头，家中那扇透着温馨红意的窗口正痴情地望着他，悠悠地唤着他……

成群禁不住往回走去。到大门口，一个熟悉的身影正默默地迎着他。成群停了停，猛然上前把丑丫揽进了怀里……

"丑丫，别哭了，咱们，回家吧！"成群擦着丑丫脸上的泪颤声说。

"谁哭了，那是……雨……"丑丫无力地争辩一句，便虚脱一般紧紧靠在了成群怀里。

"该下场雨了！"街上有谁说了句。

又是一个春天，桃花沟里桃花烂漫。

马成群又要出山了，他还要去招商引资，他不信沟里这泉热水会一直白流下去。牛丑丫一直把成群送到了桃花泉。成群说："到这吧！"丑丫站住脚，替成群拽拽衣襟，然后半命令半撒娇地说："你可要早回来，要再一去三四年，回来我可不让你进门了！"

成群轻轻拍拍丑丫鼓起来的肚子，笑嘻嘻说："放心，舍得下你，我还舍不下他呢！——你可当心，别使牛劲！"

丑丫轻轻戳戳成群的额头说："甭用你操心，这回你要再敢不认账，这马驹子我可要养到别人家炕头上去了！"丑丫说着贴过脸去，刚要亲成群一口，身后却有一辆三蹦子欢快地开了过来。

饥饿山村

　　九道沟早年是个好地方，山高林密，什么鸟兽都有，沟里人砍的砍，猎的猎，过的是酒往死喝肉往死吃的好日子。可那是陈三他祖宗的九道沟，到了陈三这茬上，山光了，兽绝了，只在石头窝里种几棵庄稼，要粮没粮，要钱没钱，21世纪初的九道沟里比以前多了的只有人口，陈三赶上的是一个被称为"特困村"的九道沟。

　　陈三是特困村里的特困户。

一

　　陈三女人在黄旗镇热热闹闹的大街上孤单无助地打着磨磨。

　　陈三女人是来卖笤帚的，卖笤帚是为了给她的小猪买药的。

　　在家陈三女人已请村里的刘歪脖给小猪瞧过病，还开了方。陈三女人掐着药方犯了掂思，一来她手里没有一分钱，又还欠着刘家的不少药钱，张不开嘴再赊，再者刘家的药也太贵，往死了加价，买不起。犯了一阵子难，陈三女人有了主意，她把头年陈三没卖出的几把笤帚扛了下镇，三十里山路到镇上，陈三女人走得四马汗流的。老山沟里女人没做过买卖，可到了这地步也只得仗起胆子颤声吆喝几声。转一阵，陈三女人笤帚没卖出一把，倒招引来了收费的。陈三女人只得好话相求，后来认交一把笤帚顶钱。收费的见她不像故意耍赖的，旁边又有个摆小摊的老头跟着搭帮求情，就放过了陈三女人，只说待会儿再来。收费的一走，老头就指点陈三女人到机关去卖。女人一年到头到镇上来不了一两回，人又不出头，跑了好几个单位，总算让信用社把六把笤帚留下了，给了九块钱。陈三女人找到兽医站，按方一买，得要十六块八，只比刘家的便宜二块多钱。女人抓了瞎——回去吧也得借钱，还得多花钱；在这买吧，可镇上连个亲戚熟人也没有，两眼一抹黑，上哪弄那七块八去？

陈三女人正在作难犯愁，忽见一个人从不远的一家饭馆出来奔了斜对过的厕所，再看饭馆门前还停了一辆三蹦子。女人眼睛一亮，可往那边凑了几步却又打起怵来。

眼角喝出了白黏黏眵目糊的九道沟村村主任何大拿系着腰带打厕所出来，打个饱嗝，一边抠着牙缝里的肉一边又往饭馆里去，快进屋的村主任忽听身后一声怯怯的唤。村主任侧歪脑袋一看，身边叫他的是一个三十五六衣着破旧缩头屡脑的女人。村主任哼了一声，捏着官腔说声"你也来了"，就要进屋。

"老叔……"陈三女人急忙又唤了一声，鼓足勇气说，"我想……我想跟你……借点钱……"

村主任就又停了脚，皱皱扫帚眉问要干啥。陈三女人在村里好些家都三块两块地求借过，却从没跟村主任张过嘴。可今儿个女人已没了别的选择，她通红着脸急切紧张地颤声说："给猪买药，卖笤帚的钱不够——等陈广金回来就还！"陈广金是她男人的大号。

村主任不耐烦，问要多少，陈三女人说七块八。村主任就从上兜里扯出一张票子丢过去，没等陈三女人致谢就进了屋。

陈三女人就跑颠颠去买了药，又跑颠颠回来，见红头涨脸的村主任歪歪倒倒正要上三蹦子，忙着把剩下的两块多钱还村主任。村主任一摆手说一块还。女人感激得不知说啥好，见三蹦子要走，她惦念孩子，就问车是不是回沟里，想搭车。村主任躺倒不言声，民兵连长喝叫说："要坐你就快上车！"

这些年沟外马车少了，被大伙称为三蹦子的农用三轮车多了起来。可沟里只这一辆，是村里买的，由民兵连长开着，整天不是拉着村主任跑，就是给村干部家送粪拉地，一般人是沾不着边儿的。陈三女人还是头回坐呢。沟里道不好，石头多，水沟多，颠颠嗒嗒的，车上有个破被子，村主任铺了睡在车上打呼噜。

越往沟里颠得越厉害，村主任给颠醒了，骂骂咧咧起来，把被子往身后垫垫，与陈三女人并排坐在前边挡板上，坐了一会就又靠在女人的身上打起了呼噜。村主任平常在村里说一不二，土皇上一般，还好打点野食儿，听说民兵连长就是因为媳妇跟村主任有一腿才被提拔上来的。陈三家死穷，跟村干部没啥往来，村主任好像也没正眼瞧过陈三女人，女人不知怎的对村主任有些怕，平常对他总是敬而远之。但现在村主任刚刚给她救过急，又是喝多了酒，靠在她身上她不敢躲也不能躲。

村主任鼾声如雷，哈喇子淌出老长，酒气蒜臭熏得人直想呕。随着车颠，村主任的大脑壳榔头一样砸得陈三女人肩头生疼。她屏着气，咬着牙，向一边歪着头，却又不敢动动身子，怕把村主任磕着碰着了。

车坐得好累好难受，而叫人难堪的还是村主任睡在身上，这要叫人看了多寒碜。陈三女人真后悔，不该坐这趟便宜车。女人没想到，让她更难堪的事还在后头。

过一个水沟，车子猛一颠，村主任就滚到了陈三女人怀里。陈三女人禁不住叫了一声，下意识地去推村主任。村主任很响地放了个屁，哼哼着醒来，坐起身，抹抹哈喇子睁目糊，明白了咋回事，笑道："我说这么软乎！"说着两只大眼珠子就往女人怀里盯。陈三女人慌忙两手抱拢了怀，脸上火烧火燎，眼睛不知往哪看好。村主任就点支烟，说："这酒喝的！"两眼又肆无忌惮地打量陈三女人，却见这女人虽是面有菜色，脸盘子却不难看，细端详还挺撩人，加上这会儿满脸羞红，更叫何村主任偶然间对她生出些兴趣。村主任想起来，这女人才进陈家时也算得沟里的一朵花呢，那时他还才当上村主任，沟里沟外日子也还差不大概。不成想这些年跟着陈三混成了这样，真是瞎巴了好身坯了。不过现在要是有两件好衣裳打扮打扮，擦点雪花膏，这女人在沟里的娘们儿堆儿里还拔尖儿呢！这么想着村主任心里一荡悠，就伸手在女人脸上捏了一下子——嗯，黑是黑了点，还挺细发呢！

"老叔，你……"陈三女人带了哭腔轻呼一声，心咚咚跳得不做主，胸口闷得透不过气来。

村主任不慌不忙收回手，望望连长，连长只管开车并不回头。村主任就冲陈三女人喷口烟，眯眼笑了说："你说这酒喝的！"

二

千幸万幸，吃了药，小猪总算还过阳来了。

这年月猪贵，猪崽子也贵，买猪还是陈三女人回娘家门口借的钱。陈三今年出外找活干，女人养了两头猪，指望把日子过活络些，不想头阵子病死了一头，这头也闹了好几回毛病，药钱花的又够抓一头猪崽了。越是这样，陈三女人越是小心翼翼地伺候，一点不敢大意，剩下的这头半大猪要是再有个好歹，那就坑死人了。

光秃秃的大山像个闷坛子，到夏天憋得人透不过气来。这晌陈三女人正在喂猪，憨二扛了锄走来，比画着对她说一阵，女人知道他又把北山坡那疙瘩高粱给耪了。

憨二也三十来岁了，心不透亮，话说不清，可也难性着呢，他瞧不上眼的人见了面就白瞪你，对眼睛的支使他干啥都行。憨二好像特别待见陈三女人，常来跟她待着，陈三走这半季子他没少帮她干活，陈三女人过意不去，要留他吃顿饭他也从来没站过。村里好爷们儿打光棍儿的多了，憨二自然更跟女人沾不上边儿了，现在他只跟着一个双眼半瞎的老爹在两间草屋里熬日月。都说憨二二巴愣登的，大伙都爱拿他开心取乐，陈三女人却从没像别人那样拿憨二不当人，憨二来了她总是认真细柔跟他说话，憨二自然也就爱跟她待着。

憨二放下锄，坐下来，看女人喂猪。小猪崽又长个儿了，也显光溜了。眼下猪价看涨，秋上卖个好价，陈三再能拿回千儿八的来，除了打发三个孩子上学，还能还还账、买买粮，要再有余富还能苫苫房。赶入冬再抓上两只猪崽儿，过年的日子就会好过一些。女人喂着猪脸上就有了笑。

小子跑回来了，要吃冰棍儿。沟里偶尔也有来卖冰棍儿的，两毛一根儿。小子看别人吃东西就馋。女人哄他："好小子，等咱有钱了，准定给你买！"小子不应，坑坑叽叽要吃奶。这是陈三女人打小给小子惯下的毛病，小子饿了馋了，她就让他咂咂没汁儿的干奶挡过去。

陈三女人就坐在石头上，稍稍侧背了憨二，有限度地撩开衣襟，小子就伏上去一口叼住一个奶头儿，一手又握了一个奶头儿，使劲咂裹起来。陈三女人脸皮薄，不敢像别的女人那样当众就敢把大襟一敞二开，露出或干瘪或垂坠的奶子。今天跟前的憨二若换成另外的男人，女人就不会在大门外让小子咂奶。

陈三女人瞥一眼憨二，见他直直地盯着自己的怀中。他虽然目光并无邪意，可再咋着也是个男人，女人就不禁红了脸，就要落下大襟。小子不干，反又给她往上捋，女人两个奶子就脱颖而出。正这时，就听有人很响地咂了一声嘴。女人扭头，大吃一惊，慌忙一手推开小子一手掩上怀，对着不到十步远的胡同口不知什么时候站了的那个壮汉怯声说："老叔……"

村主任摆摆手，说没事，嘬两口烟，意味深长地望望陈三女人的怀，又撇撇对他白瞪眼的憨二，歪了嘴笑骂："这傻子也知道沾腥儿！"说着扔了烟头走去。

走着，村主任眼前还花花白白闪耀着陈三女人的两个奶子。村主任没料到这女人手脸晒得黄黑，那两个奶子竟还是那么白净，那么细发，那么挺撅撅，像两砣子肥肉一样馋人。村主任咽口唾沫，回去就让老婆给他焖肥肉。吃着油汪汪的咸肥肉，村主任眼前晃动着的仍是陈三女人白花花的奶子。

日头一股劲地烧着，天热得越来越邪乎。没有雨，偶尔几片云絮也生怕烤化似的匆匆忙忙逃去，甚至风也被烤化得没有一丝力气和勇气，软绵绵卧在树梢叶下，偶尔翻个身，枝叶便懒洋洋颤一颤。陈三女人在南山凹耪着干得冒烟的谷子，身上裹着一层黏稠的热汗，心里像地里蔫黑的谷苗一样焦干饥渴。照这样旱下去，今年的年景就没指望了，过年吃什么呢？陈三女人撩衣擦擦汗，抬头，一轮日头灼得眼痛。

听得身后有人，陈三女人回头，见憨二正不声不响一锄一锄跟上来。

到了地头，女人衫子黏在身上，头发黏在脸上。看看憨二也是满头汗，光着的上身黑亮亮的，女人就招呼他歇一会儿。

刚刚坐下，在山坡大草里捉虫子的小子跳出来，饿了，扑到女人怀里又要裹奶，女人不让，小子就哭闹起来。小子有羊痫风，哭厉害了就抽，女人不敢惹他，只得稍稍撩起衣襟，尽量不让奶子露出来。

小子却不懂娘的心思，依旧把女人的衣裳使劲扒上去，两个奶子裹一个摸一个。陈三女人也正热得慌，便由他。陈三走时说挣钱回来要给一人买身衣裳，女人拦挡，说只给两个丫头买一身吧，她们十好几了，今年下半季儿就要下镇念书了。想想女人有说再给小子买双鞋吧，小子七八岁了只穿过三双新鞋。陈三女人自己啥也不要，陈三不干，女人说实在要买就挑最贱的小背心买回一件吧。那种小背心镇上有卖的，两三块一件，女人嫌贵。听说大地方的衣裳贵的死贵，贱的死贱。夏天里边要是穿件小背心，陈三女人也敢解开衫子凉快凉快了。

身边是一棵孤零零的歪脖老树，村庄被挡在山凹之处，四周静静的，草和谷苗淹没在干燥颤抖的热气之中。陈三女人也饿了，就扯叶车前草放在嘴里嚼起来。不知地里能收几颗粮，这阵子让孩子吃饱后，陈三女人就多吃些青菜搭配，以便省下一点粮食。

嚼着草叶陈三女人也困乏起来，忽悠就打了个盹儿。女人睁眼见孩子已含着奶睡在怀里了，女人就把小子小心地放在地上，又碾死了两只肥胖的黑蚂蚁，坐起来这才发觉衣襟已黏在身上，两只奶子全都露在外边。她正要往下落衣裳，忽听有喉咙很响地响了一声，紧接着一个人冷不防扑了过来，一下子跪在了女人脚下，嘴里急切而含混地说了几个"饿"后，便孩子一样捧住女人的奶子饥渴至极地拼命唖噪起来。

是憨二。

陈三女人一时惊呆了，连叫都忘了，只是僵在了那里，吃惊意外地睁大眼睛望着怀中的男人，头脑中一片空白。

"二、二子……你、你别这样，快……快放开……"陈三女人终于叫出来，但叫声很无力。

憨二不松手也不松口，陈三女人不知所措。

"哈哈，好你们两个狗男女，大天白日就招活上了！"

这一声喝骂声音并不高，然而却犹如一声晴天霹雳炸响在陈三女人耳旁。女人和憨二同时打个哆嗦，傻愣愣望着神出鬼没正向他们走来的村主任何大拿。

村主任掐着烟，脸上冰冷如霜，一步步向陈三女人逼近。

陈三女人激灵又打个冷战，忽地恐叫一声一把将憨二推了出去，憨二就跌倒在地。女人又抹下衣襟，又把两手护在胸前，惊恐地望着何村主任。村主任不看她，却对憨二厉声骂道："好你个狗东西，敢情是装疯卖傻呀！活你不好好干，搞破鞋倒有一套啊！——狗东西你看我整不死你，我先把你们扒光了绑一块儿游大街，再让你们一辈子坐大牢！"

憨二挣扎起来，瞪得眼珠凸鼓着，边往后倒脚，边使劲比画着结结巴巴说："不、不怨她，怨、怨我，怨二子……"

村主任阴森森咬牙："那罪过更大，你值颗枪子儿了——还得先把你阉了！"

憨二惊恐万状地捂住腿裆，两腿僵硬地紧着向后倒。

憨二绊倒在一块石头上，摔了个四仰八叉。憨二爬起来，怪声哭叫着跌跌爬爬向山坡逃去。

村主任就阴阳怪气对女人说："平常看你蔫了咕叽儿的，闹半天还挺浪呢！陈三在外边吃苦受罪，你倒在家招野汉子搞破鞋胡嘬乱闹，你倒想得开啊！"

陈三女人抬起头，满脸是泪，摇头说："老叔，不是……不是……"

村主任说："这事儿要让大伙知道，让陈三知道，我看你就成咱沟里的大明星了！"

陈三女人忽地跪下去，仰脸哀求："老叔，我……我求你了，就饶我这回吧，我真不是，我不是不知耻的人……"

村主任扔了半截烟，走近两步，叉腿站到了陈三女人跟前，两眼溢满淫光。他呷呷嘴，伸手捉小鸡儿似的把女人提溜起来，又粗暴地剥开她的衫子，握了她白花花的奶子说："你看这给咬的，这傻子真可恶！"

"老叔……老叔你、你不要！"陈三女人羞愤地叫着挣扎着。

村主任恼了："他傻子能摸能咬，我堂堂一村的法人村主任摸摸你就拿酸摆怪，我看你真是下贱坏子！"说着村主任手狠狠一捏。

女人尖叫起来，村主任恶狠狠说，你想把你那傻小子叫醒让他看你怎么发浪吗？村主任说陈三不在家，村里就能做主让你挂着破鞋游街，那会儿不光你，连你丫头小子都没脸做人了！村主任说这会打击卖淫嫖娼，你这样的不光要坐牢，还得罚款五千！村主任说只要我一高兴，你违法乱纪我不追究，还有那十块钱我也不用你还了……

陈三女人再叫不出一声。村主任就把女人揽进怀里，一张臭烘烘油腥腥大嘴在女人脸上啃咬，饿狼一般。

陈三女人泪脸惨白，她绝望地紧闭了眼，紧咬了唇。

村主任把陈三女人拖向山沟的长蒿大草中。村主任一把扯断了女人的裤带。

"不、不、不……"女人无助无用地哀求。

村主任一把扯脱了女人的裤子，然后猛地把女人按倒在蒿草中。女人的那件带了补丁的裤子被一丛蔫蔫角秧子刮破，无声地撕裂。女人像一条僵死的鱼不再挣扎。

村主任从容不迫地脱下自己的裤子，然后山一样压倒在陈三女人身上。

草丛中传出老牛般的喘息。山坳里弥漫了腥浊的热浪。大地焦干得要着起火来。天上一轮日头毒花花地烧着。

"娘，娘！娘你上哪了……"歪脖树下站起一个瘦弱的孩子，愣愣怔怔叫几声，便大哭了喊饿。

三

憨二是从南山崖上摔下去的。大热天，大伙不知道那傻子到那疙瘩去干啥。血淋淋的憨二被装进他家黑乎乎的两隔躺柜里。憨二爹老眼模糊，咧着嘴，欲哭无泪，欲号无声，半晌哑着嗓子说一句："死了好，死了好……"一个血肉模糊的身子和一双惊恐的眼。女人觉得憨二的死跟她有很大关联，或者说憨二是因她而死的，她觉得自己是个祸根，是个罪人。她还是个没脸面再活下去的女人。当村主任剥脱她的衣裤把她放倒在草丛中时，她应该呼叫，应该挣扎，尽管呼叫挣扎无济于事，可那毕竟说明她反抗了。但是她没有，她怕。憨二可能真的只是饿了，但他毕竟是个男人，在憨二咬住她奶子的那一刻，她其实已经丢了贞洁，那时她就应该及时推开憨二，大哭大叫打他挠他。女人不明白自己为什么没有那样做。村主任完全是强奸了她，但她没有反抗，她白丢男人的脸，丢孩子的脸，她怕坐牢、罚款，那不如死。但怕丢脸的时候，她已经把一家子的脸都丢尽了。村主任在她身上忙活的时候，她觉得自己只剩下一条路了，那就是死，那一刻她觉得自己已经死了。

但是陈三女人没有死，她死了，她的三个孩子就会永远失去娘，她的男人就会永远失去女人，她的穷家就会永远不完整。女人只是大病了一场，水米没沾牙地躺了一天。两个丫头要给她找刘歪脖时，女人就起来了，她没有接丫头端过的早已凉了的棒子面粥，而是晃晃悠悠先去猪圈，查看丫头是不是把猪喂饱了——既然死不起，她就更吃不起药，养不起病，扔不起活儿。地里有庄稼，圈里有猪，外边惦着汉子，家里拉扯孩子，活着就得过日子。

丫头放假了，能帮着干些活了，可陈三女人心里反倒越发紧张——开学丫头就该下黄旗镇念初中了，可上学的钱还一点没着落。陈三出去开始还回来过一封信，说还没找着正经活，后来就再无音信，也没寄回过一分钱，女人挂念也没处打听。现在急着用钱，实在不行就得提前卖猪了。

猪还不是很大，没喂粮食，看着挺光溜，其实全是菜膘，不压秤，卖早了挺可惜的。可不卖又能有啥辙？村里能借的家也没钱，有钱的几家还借不来，镇信用社更白寻思，这会儿办事是越有钱的越路路通畅，越没钱的越处处受憋。

陈三女人决定卖猪。没粮催肥，这阵子陈三女人就多喂几顿，好让她的猪多长几斤肉。沟外常来收猪的三蹦子，每斤三块多，陈三女人听说猪价还要涨，就沉住气先不急着卖。

转眼丫头要开学了，猪价也涨到了三块七八。这天又来了三蹦子，给价三块九。陈三女人心跳着跑回家，扒猪圈对着那头她担惊受怕像孩子一样拉扯大的猪照量了半天。半天女人终于打定主意，再多喂一天，明儿个一准卖——多长半斤就是两块来钱呢，而且明天兴许猪价就到四块呢！

夜里，陈三女人梦见她的猪长得老大老大，猪价涨得老高老高，她卖了大肥猪，欢欢喜喜送丫头小子上学……

鸡叫两遍，天刚蒙蒙亮，陈三女人就起来了。猪今儿个要卖了，没准活不过今黑天，女人又有些不忍心了。可养猪就是为了卖钱的，猪肥就是要给人吃肉的，女人这样安慰自己。但她不能让猪空着肚子走，孩子投胎到穷人家受苦，猪抓到她家也没吃着好伙食，这最后一顿了，女人咬牙给煮好的山杏叶子里拌了两把棒子面，她要让她的猪尝尝粮食味儿。

陈三女人提了猪食悄悄走出屋，她不敢惊动小子，她盼三蹦子能早点来，因为小子一馋她就哄着说等猪喂肥了给他杀肉吃。小子天天到圈门口看猪，小子要知道卖猪一准会耍闹。

出了当院，没到近前，却见猪圈门开着，圈门儿板扔在一边。陈三女人心里咯噔一下，两腿虚软着慌忙跑过去一看，猪圈里空空荡荡，哪还找得到猪的影踪。

这阵儿猪越来越贵，也就听说有偷猪的。陈三女人不敢往坏处想，她只盼望她的猪是知道要被卖掉吓跑了，她边流泪边呼叫寻找她的猪。

半天猪找不见，倒把邻居叫起来好几个。大伙一看现场说："还找啥呀，猪能自个儿拔开圈门板儿？猪没跑，是让人偷走了。"

陈三女人终于忍不住号啕大哭起来。她后悔得要死——真不该晚卖这一天，这才是黄鼠狼咬病鸭子！大伙叹气。只多留了一宿，猪就没了。没了猪，孩子们指啥上学呢？

两个丫头懂事了，一边一个拉了娘的手哭着说："娘，娘你别哭了，我们不上学了，不上学了！"

小子小，不灵透，可地打着滚地叫喊着要猪要吃肥肉，叫着叫着就抽了起来。

早饭午饭陈三女人都没吃，明知猪是让人偷去了，还村里地里河沟山坡找她的猪。两个丫头把娘拉扯回来时天已模糊了，她们哭着求娘别着急了，她们真的不上学了。女人无力而又坚决地说："不上学不行——上好学，找份工作，你们这辈子不能再在咱这穷地方受苦挨饿了！"

陈三女人让丫头逼着吃了点饭，身上有了些力气，颤颤悠悠又出来了。出了院，在空空的猪圈站一阵，恍惚好像听见了猪叫。女人叹口气，回身，两个丫头守在身后。女人心里一热，把两个丫头搂过来，哽咽了说："放心，没事儿，娘不会扔下你们——甭说丢了猪，人都丢了不也得活么！"丫头听不出娘后边那句话，只知跟娘一块儿流泪。

"等你爹拿回钱来，咱还要抓只小猪。"半晌陈三女人又轻声说句。

丫头小子都睡了，陈三女人心乱如麻，哪里睡得着。女人一会儿想猪，一会惦念男人，一会儿犯愁孩子们上学，一会儿叹憨二死得冤，一会儿又恨何大拿不是人，一会又恨自己对不起孩子汉子，也不知这日子何时能熬出个头……胡思乱想着女人不禁又是泪水打湿枕头。

外边有动静。陈三女人抹抹泪，侧耳细听，破栅子门好像打开了，接着就有脚步不轻不重地走进来。女人的心就不做主地跳了起来。

脚步径直响到窗下，一个黑影模糊硕大地映在窗纸上，像是传说中的鬼怪。紧接着就响起了不重不轻的敲门声，敲了几声外边就又响起低而粗的叫声："咳，陈三家的，开门！"

是村主任。这一阵陈三女人总是远远地躲着他，下地也把仨孩子都领上，不想黑天半夜他又欺负上门来了。女人又恨又怕，不敢出声。

村主任加重敲窗，放大嗓叫。女人怕把孩子吵醒，怕让别人听见，只得坐起来无可奈何地哀求："你快走吧，快走吧，求你了……"

村主任说："你别狗咬吕洞宾不识好人心，我是来给你送钱的——你们丫头不是上学缺钱吗？我先给垫上！"

屋里不言声。窗外就点支烟，不急不慌地等着。

"你……你走吧……"老半晌，屋里终于费力地说句。

村主任冷笑一声："也不是啥贞洁女儿了，还装啥正经？你可别后悔！"

停了停，脚步就向外走去，依然不急不慌不轻不重。到大门口，村主任住脚，踢了一下栅栏门。这时屋门无奈地打开了。村主任扔了烟，脸上带着油汪汪的笑，转身向屋门扑去……

天上半个昏暗的月亮隐没云中。

四

两个丫头算送到镇上念书去了，村主任给垫的钱。小子还在家，钱不够。

陈三女人跟小子说："等你爹回来就好了，你爹拿回钱就送你去上学。"

小学也要到下营子去念，小子摇头说不去，爹拿钱也要买肉吃，不上学，上学也要娘跟着一块去。陈三女人叹口气："娘要是真能上学，那这辈子没准就不会这么活了……"

丫头到镇上去了，男人没回来，小子不懂事，村主任想来就来。村主任来了就给小子一毛钱，支他到村里唯一的一家小卖部去买糖。小子刚出屋，村主任就会熟练地剥脱陈三女人的衣裤，然后把她推倒在席子破烂的土炕上。

陈三女人不敢留住小子，也不敢嚷叫，她怕丢人，她欠着村主任的钱，她只能毫无作用地哀求："求求你了，不能这样了，不能这样，不……"

在女人的哀求声里，村主任的活计就干得越发生猛。村主任还常常揪住女人的奶子说："早我咋没看出来，你这还藏着两砣子肥肉呢！"

在土炕上，在草丛中，在谷地高粱地里，陈三女人一回回哀求，村主任一回回把她压在身下。陈三女人躲不开，跑不掉，她只盼男人陈三快点回来，快点……

这天夜里，陈三女人不知是从噩梦中哭醒的还是被草屋外的秋雨哭醒的。

昏昏沉沉中，女人听见了外边轻轻的脚步声。女人知道是谁，她真想去找一把刀。但她身上没一丝力气。

小子睡得很实，女人想推醒小子，可才伸出手，脚步声已鬼鬼祟祟到了门外。女人一动不动，她又一次发誓不能再让那个畜生糟蹋自己，但她知道那畜生一来她就无法幸免。女人忽地心头冰凉冰凉，像进了满秋的雨，她觉得这样的日月熬不见个头，她又想到了死……

门被轻轻地推推，然后又被小心地敲响。

女人死了一样挺在炕上。

半晌，窗子又轻轻地响了，有人怯怯地唤："小他娘，开开门，小他娘，开开门……"

女人激灵一下坐起，颤声问句："你——是你吗？"

"是我，是我……"窗外的声音湿漉漉的。

油灯在女人手里哆嗦着，灯火颤颤巍巍。女人用尽力气拨开了门闩。女人觉得自己从来没有像现在这样虚弱，她要扑在男人怀里痛痛快快哭一场——往死了哭一场。

但是门外走进来的却是一个哆哆嗦嗦缩头屡脑的男人，是一个胡子拉碴头发老长浑身湿透落汤鸡一样的男人——男人好像比她还可怜。女人向前倾扑的身子不由往后闪仰，油灯摇摇晃晃差点落地。

"啊！你咋了？"陈三女人满眼水光，又惊又怯地问陈三。

陈三关了门，先跑进屋，一摊泥似的瘫倒在炕上。女人放好灯，怯怯地望着有些陌生了的男人，不敢再问。

歇了一气，喘了半天，陈三方才坐起，嘴动一阵，方才诺诺说："小他娘，我……我没挣回钱来——一个子儿也没挣回来……"说着陈三抱头呜呜哭了起来。

女人咬住唇，忍住泪，半晌柔声说句："你回来了，就比啥都强！"

陈三出去打工，被骗到一家私人砖厂里，硬逼着签了合同，光干活不开工钱，只说年底一块发，可那的工人偷偷告诉陈三，到不了年底人家就会找碴把你开除赶走，一分钱不给，接着再骗下一拨。砖厂里日夜有人看守，晚上还把工人的衣裤都收走，平时信也不准写一封。被骗的多是些山沟的老实人，胆小怕事又说不出个啥来，有的只好自认倒霉，有的逃跑被人家骑摩托开车追回去，打个半死还得干……陈三惦念家里，想跑又没胆儿，那天夜里看门的喝多了酒，两个下夜的为个女人打起来了，几人乘乱跳墙逃跑，陈三犹犹豫豫，是最后那一刻才跟上的。结果那几个都被抓回去，陈三昏头昏脑跑错了方向进了村，慌不择路藏进一个猪圈里才躲过了搜抓，贪黑摸出十几里又翻过一座小山，才向人家讨了一身旧衣搭上了班车。陈三不光没拿回一分钱，连铺盖卷儿也搭出去了。

陈三女人听得心惊肉跳，只说回来就好，回来比啥都强。

陈三暖过身子定了心神，方才发现炕上只睡着小子。问清丫头是下镇上学去了，陈三就问哪来的钱，是不是卖了猪。女人摇头，低头不语，半晌说猪丢了，钱是村主任给垫的。

陈三不信村主任会给他家垫钱，可女人又不是说假话的人。村主任从没特殊照顾过陈三这个特困户，发救济好不容易轮到陈三一回也是最少的。陈三问女人村主任怎么会开了恩，是不是她去求他了。

女人岔开陈三的话，去给他弄吃的。陈三说还真是饿了，早晨在县城饭店要了两个包子，本来给小子留了一个，可刚才走不动，给吃了。陈三说班车坐到镇上，没钱给，还差点挨了揍。

女人点着火，做了平时很少吃的小米干饭，满屋都是喷喷儿的米香。陈三几辈子没吃过饭的样子，一口气下去四大碗，吃得女人不敢给他再盛了。

吃完了，小子也醒了，先是不认陈三，后来就跟爹要肉吃。陈三惭愧，说爹完蛋，没能耐，没给小子挣回肉。小子要哭，女人就给他盛碗干饭堵上嘴。

陈三回来一阵子，发觉自己的女人跟从前不一样，常常一个人发呆发愣，一提到村主任脸色就变，黑夜里常常无缘无故不让他碰身子，梦里还常常哭醒……那天在南山凹耪地，陈三闹肚子，到蒿草里拉稀出来，却见村主任不知啥时来了，大模大样瞅他女人，见陈三走近，村主任方才咂咂嘴，怪笑了说声"陈三别让你那块地跑荒"走去。还有一天夜里，明明有人进，女人吓得浑身打战把头蒙进被子里，可过后她却不承认听到了什么……村主任是什么东西陈三知道，背了女人陈三问小子村主任常来不，小子就说来，来了就给一毛钱让他买糖豆儿去。

陈三明白发生了什么事。

陈三审问女人，没费什么劲儿女人就倒出了实情。陈三揍了女人，女人不躲不跑不求不叫，只流着泪说："你打吧，打死我也不怨你，我不是个好女人。"陈三就再下不去手，掐了尖刀子去找村主任那畜生拼命，到当院却让追出来的女人死死抱住了腿。

陈三背了铺盖卷儿当街上大明大摆晃过，不到一袋烟工夫村里都知道倒霉的陈三又出外找活干去了。大伙说背着八升的命甭想求一斗，这回陈三不定又挨啥坑骗呢。

傍晚，天还没黑，村主任就叼了烟卷儿大摇大摆起走进了特困户的破烂院子。

陈三女人没料到村主任这时就来，吓得拖了小子缩在墙旮旯儿不知所措。村主任急不可待，塞给小子一毛钱，女人却抓住小子不放手。村主任就又塞给他一毛，小子就叫着挣开女人的手飞跑出去。

村主任上前一把扯过陈三女人说："这阵子没捞着你，还怪馋得慌呢！"

陈三女人挣扎着跟村主任支吾，却难抵黑熊一般的村主任，他三两下就把女人压在炕上。女人急了，不知哪来的力气，竟把村主任推了起来，喘过一口气，女人急切切叫："小他多要回来了！……"

村主任嘿嘿一笑："他回来我也照样干！"说着便一手按了女人一手解自己的裤子。陈三女人尖叫着，却没人及时进来解救她。

陈三冲进屋时，村主任正在他女人身上热火朝天。村主任听得一声闷吼，回头却见门口一个怒不可遏的瘦小汉子正血红着眼向他扑来。完全意外的村主任嗷的一声跳开。村主任倒不怵这王八头陈三，而是畏惧陈三手中那把杀猪尖刀。

"你、你、你真是把人欺负到家了！"陈三声音打战，带着哭腔，他咬着牙把尖刀向村主任捅去。

"三……三儿你别瞎闹！有事儿咱……咱好商量！我给你钱给你钱——你千万千万……"村主任一手提了裤子一手抵挡着陈三的刀子。

陈三不说话，只把牙咬得咯咯响，刀尖儿眼看就抵上了村主任肥厚的肚皮。

村主任身后是墙，无路可退，村主任扑通瘫倒下去，两眼盯着打战的刀尖粗了嗓子号叫："陈三你敢害干部？陈三你想想，杀害干部你活不了你老婆孩子也好不了！"

陈三气促起来。刀子模糊起来。

村主任立时站了起来，模糊黑中系了腰带对陈三喝道："陈三，我掏钱让你丫头上学念书，你谢没说一声反倒下了套子谋害干部！——你不就是要讹钱么，你明说一声借我的钱就不要了，你值得搞这个阴谋诡计？你把刀子给我扔了！"

陈三手一哆嗦，尖刀咣地落地。

村主任又恢复了官派，点了支烟，点指了陈三教训："你看你那个熊样，生把日子过成这样，女人跟了你生是白瞎了！"

陈三就更加矮小下去。

村主任越发威武高大，走到门口回头又骂："人就可杀不可救，老子关心关心你们帮助帮助你们，你们就要拉干部下水！你们这德行的，饿死也不多！"

陈三一句话也说不出。

走到外屋门口，村主任又亮开嗓门儿说给屋里院外听："还不上钱我就再容你三天！"说着村主任带着怒气大摇大摆走出了特困户的破烂院。

屋里黑透了，陈三觉得自己被黑暗压迫得只剩了耗子那般大。

这时小子跑回来，笨嘴笨舌地欢叫："糖豆儿糖豆儿！"

陈三一巴掌打落了小子手中的糖豆儿，小子大哭起来，陈三扯过小子猛打起来。小子哭岔了声，又要犯病，炕上昏死一般的女人挣扎起来抱过小子紧紧搂了，喑哑了嗓子哭求："你打我吧，我不是人，我不是人……"

陈三只觉心头着火一般难受。他不知自己是怎么了，他本来是要捉住村主任报仇的，可他没想到自己竟会窝囊到这个份儿上，眼睁睁看见那畜生从自己女人身上逃开，自己却没下去手杀了他——不杀了他也该往死里揍他一顿，打断那畜生的胳膊砸断那畜生的腿，可是陈三不明白自己为什么不光没碰仇人一下，反倒让村主任教训了一通，他陈三倒成了不是人做的……把仇人从从容容囫囫囵囵放走了，却拿自家小子出气，他陈三还算个爷们儿吗？

陈三猛地举起巴掌狠狠抽着自己的脸。抽累了，陈三又蹲在地上抱头失声痛哭起来。

五

来了救济粮，却没陈三家的份儿。

陈三去找村主任，村主任耷拉了驴脸说没你们的，你们吃红肉拉白屎，粮食救济你们不如喂猪吃肉。陈三叫号要告，村主任说不去算你熊——村里贫困户多了，救济粮给谁都没错误！陈三气破肚子干没辙。

陈粮吃尽新粮不接，一家子不能饿死，陈三厚着脸皮又去求村主任。陈三回来一言不发，小子哭着喊饿，陈三垂头丧气对女人说句："叫你去领粮食……"声音低得几乎听不见。女人愣一阵，去了，回来时披头散发，两眼红肿，却是背回了救命的粮食。陈三一拳狠命砸到自己的腿上。

为着过年又来了救济款，还是没陈家的。陈三找去，村主任说："你借我那么多钱不还，扣了。"陈三回家，女人噙了泪，又要去找，被陈三拦下。陈三说："咱就过个素年吧。"小子不干，哭闹着要肉吃，陈三先不言声，半天吼一句："老子比你还想吃肉！"说着伸出干腿棒子，"啃我吧！"小子一时倒吓噤了声。

女人给陈三使个眼色，忙哄说："等着吧，过年娘出去给我小子挣钱，挣了钱回来给我小子买肉，买糖，买果子……"又撩起棉衣让小子裹干奶。小子咂两下还是哭。

陈三忽地有了主意，说"你等着"，出去下山药窖掏出了两个大萝卜，洗巴洗巴切成块，放了好些盐煮。煮熟了，陈三给小子盛碗，自己又盛碗，只说是肥肉，大口大口吧嗒着说真香。小子咬口没咽下去就又咧开了嘴。

两个逛姥姥家的丫头回来，背回了几斤白面，还有一小疙瘩肥肉。本说是要把那疙瘩肉给小子焖了吃，可巧东院刘家又给小子送来了几块儿熟肉，熟肉让小子吃了，生肉剁烂了包了顿酸菜馅饺子。不沾肉腥儿还罢，沾点肉腥儿陈三不光没解馋，反倒勾起了肚子底的老馋虫，一时肚里嗓子眼儿里痒得厉害，摸不着抓不着的，好不难受。

过了年，女人回了趟娘家，回来跟陈三商量要出去给人哄孩子。要出去的话女人原也念叨过，可女人舍不下孩子，陈三又怕女人一出去再放飞了，说说也就罢了。可现在陈三出去拿不回钱，家里一点指望没有，还有最主要的一条两口子不说谁心里都明白——惹不起那畜生何大拿，就只能出去躲躲了，要不这样下去怕是早晚要出事。陈三问清女人确实是娘家实靠人介绍的，就在县城，那两口子都是干部，就没说拦挡的话。

女人帮着种上地就走。女人要走的头两天村里嚷哄上边放下了扶贫贷款，老大一笔。听到这消息陈三心里透进一线光亮——真要能贷点款养上一群猪，女人也就不用非得往出跑了。可再打听贷款已放到了村里，陈三泄了气——钱到了村主任手就算到了老虎口，别人甭指望往出抠。果然，陈三很快又听说贷款让村主任他们几个村干部攥牢了，要养一群猪做脱贫致富榜样。

大伙狗咬尿脬空欢喜一场，就骂那几个干部。不过听说村干部们还要雇个猪倌，大伙冷了的心又发起烧来。沟里死穷，挣点活钱不易，左近有些挣点钱的营生也都让那些跟有头有脸的沾亲带故的占上了。沟里这几年也不断有人出去打工挣点钱，抛家舍业在外边吃苦受罪没啥，山沟人身子不值钱，可一年到头空手出去攒钱回来的没几个，多的是遭坑受骗的，还有下煤窑砸死的，搞建筑摔死的，拿不回钱倒搭了命。你想借点钱也不易，这会儿有关部门多是嫌贫爱富，越是猪肥越添粮加料，越是瘦越连清泔水也没人喂你。要说上边的好政策也多得是，给你指出左一条右一条致富路，可一没文化二没本钱三没个好带头，沟里头又车电不通，什么也干不成。当猪倌不算啥好活计，可守家在地，早晚还能干点自家活，大伙还犯了争，连几个老娘们儿都跃跃欲试。陈三当然极想干这个倌，可他知道村主任不会把便宜给他。

这晚吃着饭，陈三又骂村主任，女人不言声。吃了饭，女人叫陈三看住小子，自己只说出去一趟。

女人出来，越走越慢，越走越沉，脚步像陷在泥沼中。

终于，陈三女人停在了村主任家大门口。

一会儿，村主任剔着牙出来，见了女人一愣，低声问："你来干啥？"女人不言声，跟在村主任身后慢慢走。村主任回头看她一眼，继续往前走。

村主任一直走到村西坎子下，站住脚，点着一支烟。陈三女人就慢慢脱衣。女人先脱了裤子，女人又脱了衫子。咬咬牙，女人把身上最后的织物褪下。

村主任眯起眼，盯住女人细打量。女人闭上眼。夕阳惨淡，照着女人惨白的脸和她在春寒中瑟缩的身子。

陈三女人走了，陈三意外地当上了村干部们的猪倌。

但大伙知道陈三这个倌是怎么当上的。

六

陈三穷，还有个毛病，就是嘴馋，具体说就是爱吃肉，再具体说就是爱吃肥肉，并且陈三还把这个毛病遗传给了小子。

沟里人都说吃肥肉的人有口头福，过去是这个观念，现在还持这种观点。当然也有个别人已经不爱吃肥肉了，说什么肥肉里除了油尽是脂肪，腻得慌，还让人发胖，厌恶死了——村主任老婆就常这样在当街卖嚷。狂的，陈三背后指点，说看把她狂的，连肥肉都吃够了，还想吃啥？

村里有口头福的，也就是能吃肥肉的，首推两人，一个是村主任，一个是陈三。村主任除了在家里有酒有肉，还接长不短下镇里饭店去嘬，牙缝儿里没断过肉，吐口唾沫能当油；陈三吃顿肉可着实不易。

村里穷，过年多数人家宰不起猪，但每年又总有几户杀上一头甚至两头猪，如村主任家。陈三原本不敢杀生，但后来吃斋吃腻了，就自学了杀猪的手艺——沟里规矩，杀猪那天猪肉不光可以往死了吃，掌刀师傅还可以拿走一块肉。

那年腊月，陈三主动去给村主任家杀猪。

陈三功夫不低，只一刀就捅到了村主任家大肥猪的心尖子上。肥猪号叫几声，淌出半脸盆猩红的血后，便挺腿麻利地牺牲了。褪去猪毛圈泥，大肥猪在陈三眼里就变成了肥肉。

开了膛，陈三一只沾满鲜血的瘦手从冒着腥气的腔子中扯出老大一块白油，蘸了盐面趁热吃下去，边吃边夸鲜嫩。待到一锅肉煮好，陈三也不吃饭，捞两方碗口大的厚膘肉，蘸了酱油当饽饽吃下去，只吃得满脸淌汗，满嘴流油，只吃得东家心惊又心疼。吃完了，临走陈三又拿走了老规矩中该他拿的那一方肥肉回家犒劳老婆孩子。

陈三杀戒初开，却又很快放下了屠刀——村里有数的那几家杀得起猪，却管不起陈三的肉，连帮忙也不敢再用他。陈三就一年到头吃不上肥肉。

吃不上肥肉的陈三，却把村主任他们的一群猪放得滚肥。陈三这个猪倌来之不易，他不能不格外珍惜。

陈三虽然嘴馋，可人还算实在，干活也肯掏良心卖力气，让他放猪不是让他杀猪，村干部们甭用担心他会在猪屁股上啃两口。但赶着那群猪，陈三还是真犯馋，嘴馋，眼更馋——那群猪要是他自家的该多好，一年卖几头再宰上一头，那日子就过得流油了。村主任家电视里那日子离陈三太遥远，看不真切，而这一群猪却是真真切切跑在陈三眼前的——养这么一群猪，平常有钱花，年节有肉吃，这日子就是陈三想往中最美好的生活了。但这群猪却是村主任他们的，连猪尾巴都没陈三的份，于是赶着那群猪陈三就越加想念肥肉，也越加仇恨村主任——村主任占了他的女人，扣了他的救济，骑在脖子上拉屎般欺负他，现在把他的女人逼走了，他却还要低声下气地给仇人当猪倌。陈三觉得自己枉做回汉子！这么想着，陈三就恨不得把那群猪全杀了吃肉。

可迎面碰上村主任，陈三又不得不挤出笑脸——他现在当着村主任的猪倌，他不能得罪东家。

八月节前，村主任家又杀猪。

陈三赶着猪群回来，听见了挨杀的猪叫，肚里就痒得不得了。把猪圈了，打了几个磨磨，陈三终究还是忍不住凑到了村主任家大院，要打下手。

村主任皱着眉支使陈三把尿脬扔到粪坑里去。陈三颠颠去了，转回身村主任家大铁门已经紧紧关上，村主任老婆还在门里叫骂："这不知耻的死狗，闻着腥儿就往这扎！"

陈三糙脸火烧，佝腰垂头，闷闷地走回去。走着，恍惚一个半大小猪从陈三身边鬼头鬼脑溜过去。

走过十几步，陈三忽觉那猪他认识，回头当街却已连个鬼影也没有了。陈三只当是看花了眼。陈三本要回去，却又放心不下，到猪圈扒墙点数两遍，当真少了一头半大猪。陈三骂声"出去找死呢，就欠不管它！"边骂却又边往来路上去找。

村里没有，陈三就知道小猪是吃惯的嘴，准又是进地了。

出村不远，果见那头猪正在杨老号家菜地里吃得兴致勃勃，又摇尾巴又哼叽。陈三气得大骂，说："你好像狗东西村主任做的，肚子都要胀破了，还祸害人！"陈三边骂边进地往外轰赶，那小猪绕绕躲躲还跟陈三打游击。陈三就把一肚子肝火撒到小猪身上，一块石头打得小猪嗷嗷叫，乖乖地往家走。

进村陈三就看着小猪走路有些不稳，只当是自己打得抽了筋，就紧着赶，进了圈那牲畜就痛叫着打开了磨磨。陈三先还解恨，后来见它口酿白沫四腿打战折腾得厉害起来，这才有些着慌，忙去喊村主任。

村主任家先还不肯开门，听陈三说是猪病了，村主任方才出来随陈三去查看。到了猪圈，那头半大猪已经躺倒在地，只剩了弹搭腿的份儿。

村主任急火火问是咋闹的，陈三说赶回来就成了这样儿，没敢提打它的情节。村主任就赖是陈三攥急了，又嗔怪陈三不忙着找先生。陈三又颠颠儿去找人医兼兽医刘歪脖，心里又怕小猪死又恨小猪不死。

刘歪脖不在家，早晨让八道岔接去看牛了。陈三跑回来，那小猪已挺了腿，有人正跟村主任悄声报告说，要是打杨家菜地赶回来的那准是中毒了，早上杨老号子刚打过农药。陈三暗舒一口气，心里好不解恨。

村主任怒冲冲带着陈三去老杨家兴师问罪，可杨家两口子下黄旗没回来。村主任就把一肚子邪火撒到陈三身上，又要扣猪倌的工粮，又要罢陈三的猪倌。

陈三给村主任他们放猪不挣工钱，挣工粮。沟里头钱缺粮也缺，陈三家承包的那几亩石包地本就不打粮，家里大人孩子又越是肚里没底儿越能填塞，每年的口粮都差着一季子，陈三当猪倌挣这一千多斤粮食正好堵窟窿。陈三这个差事是他女人舍了身子换来的，丢了太吃亏，陈三就向村主任承认错误。一路好话求到村主任家大门口，村主任怕他跟进去，方才骂骂咧咧将陈三开除留用，但罚了工粮二百斤。

陈三嘴上千恩万谢肚里千咒万骂，走两步又请示村主任那小猪怎么处理，村主任更不耐烦："咋处理？不扔西河沟去，你还想吃了它呀！"说着村主任关了大门。

陈三打个愣，就闻见了村主任院里飘出的肉香，陈三慌忙逃开。

到了猪圈，陈三扛了那具尚未完全僵挺的猪尸去西河沟，边走边说可惜了的，这么肥就扔了。

把死猪扔进西河沟里，陈三摇摇头叹口气，慢慢往回走。可是陈三的两脚像拴了一根橡皮绳，走了十几步，橡皮绳抻到了极限，陈三终于迈不动步了。

咽口唾沫，陈三鬼使神差地返回西河沟，望望左近没人，猫腰又把死猪扛起，做贼似的往家跑去。

七

陈三把猪扔在自家外屋地上，胸口嘭嘭地跳，不知是兴奋还是紧张。

定定神，陈三先咚咚灌下半瓢凉水，然后找出那把锈迹斑斑的杀猪刀，在瓷缸沿上蹭了几下，便蹲在外屋解剖死猪。

陈三女人打到县城去给人哄孩子当保姆，到现在一趟没回来过——县城的班车到黄旗要十多块，女人舍不得。女人撂下自己的小子去哄人家的孩子，除了能混出口粮和几身旧衣外，每月还能挣八十块钱。八十块钱女人几乎舍不得花一分，全要托实靠人捎回来供丫头念书，供家里买化肥粮食咸盐。女人虽未回来，却是一回回托人打听，一回回托人捎话，嘱咐丫头好好念书，嘱咐小子好好听爹的话，嘱咐男人好好照顾孩子，特别是小子还小。

女人走后，小子哭闹了好些天，天天找娘。陈三就到小铺赊些糖豆儿，实在闹不了时堵小子的嘴。女人再能挣些钱，下半年陈三就打算送小子去小学。

现在小子就蹲在一旁，两手拄着小脸盯看他爹扒猪。看看就要能吃上肉，小子今儿个很听话。小子先天发育不足，后天营养不良，个子低矮，还有些愣怔，八九岁了赶不上人家比他小的精神。

扒着猪，陈三听得咕咕一阵叫，知道小子饿了，就对小子咧嘴笑了说："咱今晌午不吃饭了，咱吃肉，往死了吃！"

陈三用锈迹斑斑的尖刀，拉开一条掉齿豁牙的拉链一般，把死猪糙黑的胸腹划开一条缝，露出了里边细嫩的脂肪。由于未先放血，猪肉有些暗红。陈三吓唬小子说不能让别人知道咱吃这猪，要不派出所要来抓咱爷儿俩的。

小子嘴里应着，眼睛一眨不眨地盯着陈三刀下那面积越来越大的肉。陈三把猪割去头蹄，掏出内脏，死猪就完全变成猪肉了。陈三在猪最肥的脊梁上割下一大片，切成大小不等的肉块，放在小锅子里煮。陈三家吃菜从来没有花椒大料一应佐料，锅台倒是有个麻油瓶，麻油还是头年丈母娘给的，煮菜时用根筷子往油瓶里轻轻蘸蘸，再把筷子往锅里使劲涮涮就是放油了。饶是这样，现在瓶子里也早没了油而只剩下一根干巴巴的瘦筷子了。好在煮肉不用放油，陈三只在油瓶边那个破黑坛子里抓了把咸盐放进肉锅里——穷人家口重，讲究一咸生百味。

不大一会儿锅开了，陈三家黑咕隆咚的草屋里弥漫开了稀罕的肉香。陈三口水充盈，小子的眼睛更直了。

肉熟了，油汪汪白花花的。陈三盛满一大碗，第二碗刚端起来，却又把一勺子肉倒回锅里。人说农药歹毒着呢，有的还药三代，也不知杨老号子打的是什么药。陈三犹豫起来。

肉锅还在咕嘟咕嘟开着，肉碗腾腾冒着热气，满屋子是浓浓的肉香。

陈三肚里百爪挠心。小子馋得望望他爹又望望肉，咂嘴，咽唾沫，肚子猛叫。

陈三终于忍不住了——陈三不信这么香的肉能药人。但陈三却又郑重地对小子说："宝贵儿，这猪有点毛病，你先等一会儿，我吃一碗过阵儿没事你再吃。"小子咬住唇不应。

陈三冲着北墙默念了黄仙狐仙长仙雕仙各路仙爷保佑，再次嘱咐小子："我吃了要不合适，你就赶紧找刘歪脖去！"刘歪脖早先干过几天大队的赤脚医生，这些年开着药铺，会给人号脉，会给牲口开方，管事不管事不管，只是往死了要钱。村里有毛病一般都是先求仙拜佛看香头，仙佛香头这些高级又便宜的先生治不了的病，不得已人们才去请刘歪脖。陈三估摸自己不准就有事，但万一不合适就是中了毒，是实病，仙佛们怕是插不上手。

见小子不应，只两眼泪汪汪盯着肉碗，陈三边拿筷子边说："忍一会儿，待会儿管够你吃！"

陈三一双黑瘦的手操作着一双黑瘦的筷子，夹起了大大的一块肥肉。小子的眼睛跟着这块肥肉向陈三张大的嘴巴移动，撇嘴要哭出来……

"陈三，你给老子滚出来！"

院外猛然响起一声吼骂，吓得陈三一哆嗦，到了嘴边的肥肉就脱落到了地上。听外边村主任粗声大嗓火上房般骂得急，陈三顾不上捡肉，掐着筷子，慌慌跑出，却见村主任正气急败坏地在当街撵猪，旁边一伙村民在抱膀瞧热闹。陈三紧着去跟村主任围追堵截。村主任怒骂："你干什么吃的，猪又进地了！"这时又听见村主任老婆在西南边十万火急地嚷叫。陈三拼命跑去，到了村外，却见一群猪正扎在杨家菜地。

村里规矩，从春种到秋收，牲口是不准乱撒的，可村干部们的这群猪是要出来放的，路边的地就遭了殃。那群猪也欺陈三是武大郎卖豆腐人熊货囊，任他怎么轰撵也挡不住它们祸害人。一般的人家地给祸害点也只好忍气吞声自认倒霉，怕一找村主任闹不出个甜酸儿来，往后有个救济款人家克勤着你。杨老号的地把着村头路边，首当其冲，遭受了猪害。害苦了，昨晚杨老号去找村主任理话，村主任没在家，村主任老婆一句正经的没有，杨老号就上来了火爆脾气，叫号要往地里打药，没想到真就药死了猪。陈三不明白，圈门儿他上得好好的，这些猪怎么会都跑出来了？

前边虽然已药死了一个，可村干部们的猪们是吃惯了嘴祸害惯了人，一点也不接受那头死猪的教训，仍然前仆后继奔来菜地打野食儿。陈三一见这情景急了眼。陈三恨起村主任来真想寻摸几包耗子药把这些猪都消灭了，可他不敢也不能——没了猪，他这个猪倌就成了光杆司令，那些葡萄糖也就泡了汤。

陈三奋不顾身地冲进菜地，顾不上细听村主任老婆在地边挓手舞脚地骂他不安好良心想把她的猪都药死，争分夺秒地往出轰赶那群找死的猪。那些畜生们借着村主任的权，又仗着猪多势重，全不把陈猪倌放在眼里，撺急了还直冲陈三发威。陈三抬手，手上却只是一双黑瘦短小的竹筷。陈三扔了筷子，地边狠劲折下树枝子，狠命赶打。畜生们也是欺软硬，见当倌的动了真格的，方才边狠狠将扯边从被它们践踏得稀烂的菜地往外跑。

可是才跑出菜地，有一半狡猾的猪又钻进了庄稼地。这时村民兵连长跑来增援。

陈三上气不接下气不辨东西地追赶。

陈三终于追上了一头猪，猪是躺倒跑不了的，接着就是四腿抽筋，口酿白沫。

陈三眼发花心发慌，又去追另一头。追上了，也是上头猪的故事。

这时村里传出了村主任老婆死爹丧娘般的哭号。陈三一身热汗刷地变冷。

村干部的猪集体中毒，猪圈门儿的插板儿被扔得东一块西一块，显见是有人使了坏。村里不通电话，村派民兵连长开上三蹦子火速下了黄旗镇。

天擦黑，陈三找了一头尚未断气的猪跌跌撞撞回到村里，却只见圈里圈外黑麻麻躺倒了多半群猪，有的已经咽气挺腿，有的还在垂死挣扎，镇里请来的两个兽医来回踢踢看看，不住摇头。

陈三放下猪，眼前一片黑，肚里空空荡荡。

镇司法所的两个大盖帽警察在民兵连长的指点下上来给陈三戴上了手铐。陈三挣扎着怒叫，说猪不是他放出来的，猪不是他药死的。大盖帽不管这个那个，说到镇上再说。陈三作揖打躬地求告着，稀里糊涂被塞进了一辆吉普车。

坐进从来没坐过的吉普车，陈三忽然明白过来了——村主任他们的猪牺牲了一大片，那罪过怕是比杀个人还重，自己没撒猪没药猪，可没看好猪那罪过也是轻不了的，说不定这一去命就没了。可家里还扔着个小子呢，小子他娘没在家，咋也得嘱咐嘱咐他，把他托付给个人。还有，家里还搁着一锅肥肉呢，陈三咋也得回去吃两口，这辈子没准就吃这一回肉了，要是那肥肉真能药人，倒不如趁早药死得了，也省得到大牢去受罪或是挨枪子儿。这么想着陈三心里忽地一紧，他就拼命挣扎，杀猪般号叫起来，要回家看孩子。

旁边就有两个村民替陈三求情，说他小子才那么点儿，他女人在外给人哄孩子，他丫头在镇上念书，咋也得回去安顿安顿吧。看陈三也没个能跑得了的样儿，一个大盖帽就让另一个大盖帽押了陈三回家。陈三就心急火燎地往回走，走到当街，杨家那边传来孩子哭爹唤娘的声。

陈家院子像这黑透的麻阴天一样死寂。

没等进院陈三就一连声吆唤富贵儿，可进了院，屋里还没有一点声响。陈三浑身哆嗦，浑身虚汗，觉不出是冷是热。陈三颤声儿急唤着往屋跑，到屋门口还没动静，屋里却扑出老大一股子腥气。陈三两腿稀软地撞进屋去，脚下被什么一绊，陈三两手铐着，立时就摔了个嘴啃泥，嘴里立时泛出咸腥。陈三没觉出一点痛，他挣扎着爬起一摸，摸到的是一个瘦小的身子。陈三脑袋嗡地涨大如斗，他恐怖地尖叫一声，变调地吆唤"富贵儿富贵儿！"……

一道白亮亮的手电光从门外射进，白光中只见陈三嘴里淌着血，疯了一样用铐在一起的两手拼命推拥着地上的一个孩子。那孩子样子不过六七岁，佝偻了身子，大瞪了眼睛，一只手抠着嘴，一只手抠着地，孩子的身边吐着一些没有嚼烂的肥肉，还有一只凝着白油的大碗……

八

陈三的小子陈富贵死了——吃肉药死了。

因为小子死了，陈三没有被抓走。

陈三佝腰弓背，头发老长，胡子拉碴，更显瘦小干枯，不到四十的人已成个小老头了。

陈三女人是快入冬回来的。陈三女人比在家时白净了，水润了，年轻了。

女人给男人跟孩子拿回来一包子还很好的旧衣裳，还给小子买了一只红书包。但是女人家里外头却哪也找不到她日思夜想牵肠挂肚的小子了。

陈三再也无法隐瞒下去了。

女人无论如何不信小子没了，她苦求陈三告诉她小子哪去了，她哭着叫着要陈三还她的小子。

陈三无法，只得罪人一般把女人领到了小子坟前。女人呆了愣了傻了，好久好久，她忽然扑到坟包包上拼命扒起土来。

陈三没有拦，陈三拦不住，陈三冰人一般僵冷在一旁。

女人手上扒出了血。女人唤着叫着："小儿，小儿，小儿你别藏猫了，娘看见你了，娘给你买回了好吃的，你看娘还给你买回了新书包，娘明天就送你去上学！"

陈三女人扒烂了手，叫哑了嗓子。人们脸上挂着泪去拉她，她却死也不肯起来。

直到女人昏死过去，大伙方才把她抬回了家。

陈三女人再出来，人已换了模样，披头散发，满面憔悴，抱了那只鲜艳的红书包在土灰的村里村外找她的小子。

陈三白放了一季仔猪，没有领到一斤工粮。女人已经疯疯癫癫，整日去找小子。陈三先还出去找找她，后来找不过来，也只好任她整日在村里村外游荡。那日女人碰到了村主任，先是远远地躲了，后来又冷不防追上去，死咬住是村主任把她的小子给藏起来了，求村主任把小子还给她。村主任不认，她就上前撕扯村主任，又要给村主任脱裤子。村主任也怕了，再见女人远远绕着。

村里女人先还陪着陈三女人掉泪，常了，再见她也只是叹口气。只有两个丫头回来时，娘三个才会抱头痛痛快快哭一场。哭着女人就会问丫头："小儿是跟你们上学去了吗？"两个丫头含泪点头。女人就带泪笑了，说："我说小儿没不了么，下星期把他领回来，娘想死他了！"

这天是干巴冷，女人又跑出去找小子去了。女人没穿棉衣，陈三怕她冻坏了，出去找她。到了当街，忽见不少人都往村主任家跑，还有人喊亲戚喊邻居，说快走哇，抢救济去哇。

陈三不由自主随了人们跑向村主任家。

村主任家大铁门紧关着，不少人正叫嚷着推门，村主任在门里吼喝，村主任老婆在门里叫骂。大伙急了，说待会儿就让那帮干部们把好的都抢没了，有人就往墙上跳，后边的随跟着上了墙。

陈三原本只是在一边呆看，可一见众人真的要放抢了，忽地也觉热血沸腾。陈三大叫一声"抢他狗东西！"挺身一跃，竟也挺麻利地窜上了墙头。

上了墙头陈三才看见院子里是一堆救济衣裳，哪件看着都比他身上穿的强，村干部和一伙"皇亲国戚"们正紧着挑抢，先跳下去的几个红了眼的村民已跟民兵连长他们干了起来。陈三就有些胆虚，正不知该进该撤，后边上墙的推了他一下，陈三就从一人多高的墙头上摔了下去。

摔下去的陈三痛叫着起不来。

这时不知谁把大门打开了，门外一群穿着破烂的男女老少哗地涌进村主任家大院。看那些村干部一边抢救济一边打人，这些平时不敢言声的人们压在心底的愤怒一下子爆发了。人们上去抢上去骂上去打，村主任家大院乱成了一锅粥，平静的山村响起了怒骂惨叫。村干部平时耀武扬威，这时却很快就被众多的熊百姓摆平制服，连村主任老婆都沾光闹了个乌眼青。人们把村干部和他们的亲戚们挑选出来的好衣裳一抢而光，把村干部们挑剩下的可在人们看来也还挺好的货也全部私分，接着又有人冲进村主任家屋里仓房去搬东西扛粮食，村主任老婆痛号起来。

陈三崴了脚，干瞅着上不了前，只得在一边叫号助威："抢他狗东西的，抢他狗东西！"

抢救济打伤了人，有村民也有干部。

先是镇司法所派出所进沟抓走了几个领头的村民，陈三暗自庆幸自己摔坏了脚。可接下去县里又下来了调查组，说是有人把村干部们告下了。

真是不查不知道一查吓一跳，贫困村里的几个干部不光公款吃大伙喝大伙，还贪污克扣了那么多救济款救济粮救济物资，个个都成了富裕户。陈三听说村主任光借他的名冒领的救济款就不下好几千，气得好一通骂村主任的祖宗。还有那群猪，对下边说是村干部合伙养的，对上说是村集体养的，实际都是村主任一家养的。

村干部们被罢了官，村民们纷纷揭露村主任他们怎样霸道怎样欺负人怎样没德行，陈三更是把见影的和风传的都倒给了调查组。可是两个大盖帽向陈三调查村主任强奸他女人的事，陈三却一口八个不认，说我陈家的女人哪能会让那狗东西占便宜。

村主任被判了一年，坐大牢去了。九道沟是人心大快，陈三却高兴不起来——交不起学杂费，陈三的俩丫头辍学回来了，俩丫头在班里都是学习尖子。

小子都没了，女人又疯疯癫癫，丫头上不成学也就拉倒吧，过几年找个好人家也就对得起她们了。可陈三没想到那天沟里来了两个记者，还有镇里的领导，还有丫头的老师，来了直奔陈三家，看了院子看屋里，又找来邻居了解，之后就劝陈三让女儿上学，说是把俩丫头今年的学费都免了，临走还撂给陈三二百块钱。人家走后陈三才弄清，原来是俩丫头一门心思还想上学，就偷偷给报社和上级领导写信反映了家里的困难。陈三心想要说丫头这书还真没白念，搁自己想不出这招儿来。

陈三更没想到的是不几天后就有人给他家邮钱，十块八块的也有，三十五十的也有，还有上百的。原来这些都是有人看了记者采访特困户的文章，自愿给陈三救济的。

汇款接接连连送到陈三手，陈三头一回攥上了成百上千的票子，做梦一般，他这才知道天下还有那么多好心人。可陈三不明白不认不识八百竿子够不着的又不图报答，人家咋就会主动把钱邮给他，陈三想自己就是有个万八千的怕也舍不得拿出十块八块白白送人的。

特困户陈三手里有了钱。陈三没钱时觉得处处都需用钱，可是有了钱陈三却不知该先拿钱干什么了。

不过陈三很快就花出了第一笔钱——十块钱到镇上换来了三斤肥猪肉。

肉煮好了，找不到女人。陈三盛了一碗，刚要吃，猛然就想起了小子来。陈三就端了肉来到小子坟前，流着泪说："富贵儿呀，你……你回来吃口吧，这肉，这肉干净啊……"

把肉放到小子坟前，陈三走两步又回来——心到神知，上供人吃，那么一碗肉不能白喂老鸹。把肉端回，未到家陈三就抓了块吞下肚去。

陈三足足实实吃了顿肉，吃过不大会儿肚里就翻腾，接着连呕带吐，一肚子肥肉全都倒出。

真是时来运转，好事成双，不久上边又有专项贷款拨下扶助特困户脱贫致富。这回村里换了新班子，陈三沾了宣传的光，连县里也知有这么个特困户，头一批贷款下来就有陈三。但是这回不给钱，给钱怕你把钱胡花了，这回是你做计划，发展什么给什么。陈三随口报了养猪，也没敢太当真，不想没过几日真就汽车送来了良种仔猪母猪种猪。

陈三又当起猪倌。这回放的是自己的猪，陈三真把它们当了祖宗，娇得不行，宠得不行，天天放得猪肚子滚圆。按上边说让圈里养，一是养膘，更主要的是保护生态，可陈三嫌那样费粮食，沟里别的没有，猪食草有的是，甭花一分钱，村里干部都睁只眼闭只眼。

小猪滋滋长，陈三还时常收到汇款，救济款也哪回都少不了他的。渐渐地陈三手头也活起来，接长不短下镇割块肥肉焖了吃，嘴头子上也常常油汪汪的叫人眼馋。

冬天，陈三的猪卖了几头，又下了两窝崽儿。冬天猪不用放，陈三就闲下来了，就常常有人吆喝他去打麻将。沟里虽穷，可麻将也没断打，大伙说这叫黄连树下拉胡弦——苦中作乐，冬天没别的营生，大人孩子就都哗哗啦啦来那个，有的没钱就押粮食，常闹得打架吵闹的。陈三原本不往麻将场凑，可现在手里有了钱，圈里有了猪，腰也挺了，心也宽了，一回不去两回不去，禁不住人家老叫，回家女人又魔魔怔怔的，就去了。先是打麻将，后又掷色子，先还怕输，赢了两回就上了瘾，往后人吆喝去人不吆喝也去，赢了来输了也来。渐渐地陈三光顾打麻将，猪就喂得吊吊搭搭了，常常是早上一顿，那顿要吊到晚上，有时到半夜下不了场，猪就饿得吱哇乱叫，小猪崽还有饿死冻死的。

后来打麻将陈三就不安心，不断说着："不能打了，得赶紧喂猪去。"嘴上这么说着，可屁股却不动窝。旁边就有人给他出主意："你现在也算好户了，有钱有存折，干吗还非得自己放猪喂猪？雇个猪倌多省事！"

陈三听得心头一动，停了摸牌，想想摇头说："不行，咱哪能雇人呢？"

"你咋就不能雇人？村主任——何大拿能雇，你为啥不能？"

陈三说："我是特困户，是上级照顾着养起来的猪，贷款还没还呢这就雇人……"

别人就做工作说："你真是大姑娘要饭死心眼儿——照顾你不就是让你致富奔小康吗？你这会儿不算小康也算致富了，谁能干涉你的民主自由？你那边雇个人，这头好好打两把那雇人的工钱就出来了。你这会儿正走字儿，说不准打麻将比你养猪奔小康还快呢！"

陈三就不再言语。

过两天陈三真就雇了猪倌——陈三雇的是村主任，不，是原村主任何大拿的老婆。

何大拿蹲了大狱，家也抄得只剩了个空房院，他老婆早狂不起来了，甭说肥肉，油腥儿都难沾了。陈三放风要招聘猪倌，忽拉就上来一伙子村民竞争，陈三想不到，人群后还站着人高马大面容憔悴的女人。陈三诧异，问："你也要放猪？"

原村主任老婆就赶忙上前说："他哥你就让我放吧，我保准把猪放得肥肥的。我原本很能干呢，你知道！"女人尽力冲陈三挤着笑，尽力把话说得低声下气。

陈三几乎没有犹豫，当下就果断决定雇用何大拿的老婆为他放猪——头年陈三给何大拿当猪倌，今年何大拿的老婆反过来又给他家当猪倌，这才叫风水轮回转，太阳不会总在一家房顶上照。

有了猪倌，陈三打麻将就从容多了。麻将打累了，陈三就学原村主任的样子扯根笤帚苗儿剔着牙，挺着胸脯子视察他的猪，并对他的猪倌挑三拨四，说这头猪蔫了，那头猪瘦了。见何大拿老婆直说好话直认错误，陈三的胸脯子就挺得更鼓，派头更大。

这晚陈三又到要钱场，进屋猛见对面坐着个人。陈三心中一跳，张嘴叫了半声村主任就卡了壳，身子也不由塌下去。陈三不知说什么好，他想对原村主任笑笑，却笑不出，他想把原村主任臭骂一顿，也骂不出。陈三没想到一年这么快就过来了，何大拿这么快就出来了。陈三原以为何大拿这辈子就算倒了，抬不起头来了，料不到他一年大牢坐出来依然还是他当村主任那副架子。

陈三气虚地念叨说我今儿个不合适，转身要走。可是陈三一脚才迈出门，却被原村主任沉声喝住。

九

何大拿说："陈三，一年不见，你咋还这熊德行——是怕我赢了你那群猪呀！"

这一句让陈三停住了脚，陈三这才想起来陈三已不是一年前的陈三，现在有着一群猪。

陈三转身回到牌桌，陈三很豪迈地学了句原村主任当村主任时的口头语："老子怕谁！"

何大拿阴着脸说："陈三，你敢雇我老婆给你放猪，你多高级别呀？"

陈三要笑，忙又绷住脸："她求着要放的，我算照顾她！"

原村主任瞪起眼，陈三一惊，接着又挺挺胸，心里忽地涌起一阵快意。

半晌，原村主任说："陈三，我今儿个跟你掷色子，敢不？"

陈三说："我有啥不敢的！"

陈三跟原村主任两个人就掷色子。先是何大拿赢，接着就是陈三赢。

后半夜，陈三输了，兜里装的二百全倒出去了，还该何大拿三百二。陈三火了，撕开裤腰亮出了存折。

陈三的存折上有差不多三千块，都是人家给邮来的。村里有这么大存

折的没几户，陈三原先也没说过他有这么多存款，他怕上级不再承认他
是贫困户。陈三本没打算把存折亮出来，可现在逼到这步了他就不能不
拿出来，他不能输给何大拿。

支钱得下黄旗，不赶趟儿。陈三就把存折叠三折，押上一千。

输了，陈三没想到他又输了。

陈三咬咬牙，打开存折，把剩下的钱全押上了。

陈三又输了。陈三的眼睛红了。陈三愤怒地瞪着何大拿。

何大拿点支烟，眯了眼问："还有种来吗？"

陈三骂出一声粗话，却没了下音儿。

何大拿搂过存折，看看，得意地笑着塞进兜里。

陈三忽地一拍桌子："老子怕个六！我还押，押我的猪，一群猪全押
上！"陈三咬咬牙，狂叫一声，"一群全押上！——你押啥？"

何大拿一时没敢接茬。陈三叫号："有种的就押！"

何大拿咬咬牙，"老子今儿个豁出去了——我押房子！"

陈三先掷。陈三从那个带豁口的蓝边大碗里抄起了色子。陈三两手捧
着色子，紧张沉重得像是捧着自己的命。

陈三额头鼻凹渗出了细汗，却还是久久不敢撒手。何大拿叫骂起来。

终于，陈三闭上眼睛咬牙撒开了手。

听着三粒色子惊天动地地掉进碗里去，陈三的身子好像悬到了半空
中去。

陈三用力睁开眼，半天才看清三粒色子一个六点一个一点一个四点，
四六不着边。

色子再次从陈三手中落下，仍然没有结果。陈三头上结出了豆大汗

珠子。

陈三再张手，色子是一点———一点最小，可三个一点就是豹子，掷色子豹子最大。陈三使劲揉揉眼，认定是豹子无误，立时长舒一口气，兴奋得狂叫起来："赢了，老子赢了！"

原村主任眼睛瞪得老大，脸色铁青。陈三指了他号叫："何大拿，说话不算数可不行！"

何大拿从牙缝里迸出一句："拉屎往回缩是大姑娘养的！"

"好，走，给老子腾房子去！"陈三狂叫，满脸烧红。

陈三没想到这何大拿还要掷。按规矩豹子最大，庄家掷出豹子对方就算输了，但输家要撵也可以，如果也支出了豹子且点数比庄家的大，那就会反败为胜。陈三看何大拿一双大手抄起了色子，刚刚掉肚的心又提了起来。

何大拿把色子摇了半晌，停了停，吼声"豹子！"忽地撒手。陈三定睛细看，碗里却是一个一点两个六点，是个眼上猴，最臭。

兴冲冲的陈三跟着垂头丧气的原村主任去交接房院。

陈三原本打算还了贷款陈账就给女人治病，然后再盖新房，现在新房有了，胆子一壮手一张就有了，而且是全村最好的房院——五间大瓦房，院墙是砖的，大门是铁的。

陈三高兴，陈三看着前边佝偻了腰身的原村主任心里万分快意。快到即将成为陈家大院的何家大院时，陈三高兴得心里忽地就蹦出一个恶毒的念头——何大拿现在是被他陈三打见血的恶狗，陈三要再往姓何的伤口上搓把盐！

陈三唤住何大拿："咳，你要不愿意给房子，换样东西也行！"

原村主任咯噔住脚，转过脸来诧异地望着陈三。

女人又出去给小子送书包去了，丫头都在镇上念书。八月节陈三给自己杀了头猪，缸里腌着咸肉，陈三挑了块膘厚的切了焖上。焖好了，刚盛出一大碗，何大拿老婆也来了。

现在这婆娘不光早没了往日的轻狂，而且还满脸悲切。陈三见她进屋，欠欠身子，却又不理她，只是夹起一块油汪汪的肥肉大嚼起来，油汤子顺着嘴角流下陈三也不去擦。

吃下半碗肉，陈三方才拿腔捏调地问女人来干什么。原村主任老婆不理他，扭过头去解自己的衣裳。

陈三晃见女人脸上的泪光，心就有些软，更觉后悔。陈三原本是要羞辱何大拿，才提出让何大拿拿老婆赎房子，想不到何大拿竟应了，他老婆也真来了。陈三觉得这买卖很吃亏，又有些下不去手。

"小儿——小儿——回来吧！……"

街上传来陈三女人喑哑而焦急的吆唤声。陈三猛然想起女人曾经被狗东西何大拿糟践了那么多回，女人是被何大拿逼走的——女人不走小子没不了，小子不死女人急疯不了……陈三愤怒起来，再看原村主任老婆，陈三眼中就充满仇恨。

陈三眼睛渐红。陈三咽下一大口肉猛地起身，过去一把将慢腾腾解衣的人高马大的原村主任老婆仰面推倒，然后恶狠狠脱去女人的裤子、裤子，让原村主任女人一丝不挂地展览在特困户换了新席的土炕上。

对着那女人，陈三就想象是一头褪了毛的大肥猪。陈三亢奋起来。陈三狞笑着抹下自己的裤子。陈三扬眉吐气上蹿下跳地在原村主任老婆身上大动干戈。陈三一边在心里大吼大叫："狗东西何大拿！"

陈三抓了一大块肥肉塞进嘴里大咬大嚼。见原村主任老婆紧闭了眼睛大脸上满是痛苦，陈三火了，他又抓起一块肥肉强硬地塞进身下这个快比他大十岁的女人嘴里，然后又在女人松垂的奶子上抹着他的油手，嘴里还含混不清地大叫："我叫你狂，我叫你不吃肥肉！"

"你个混蛋！"原村主任老婆忍无可忍，她大骂一声飞一脚把陈三踢到地下，摔得陈三惨叫起来。

正这时，陈三女人抱着红书包跑进屋来，一见这场景就成了傻子。

愣怔一刻，陈三女人忽然恐怖地尖叫一声，鬼撵一般飞跑出去。

原村主任家大院并没有输给陈三，何大拿老婆的身子顶了。村里嚷哄着这事儿，争论着谁占便宜谁吃亏。陈三报了仇，血了恨，过后心里却越加懊悔。但当着人面，陈三却得意扬扬夸赞村主任老婆屁股那么肥、奶子那么壮，还吃了他多少肥肉。

陈三正卖弄，有人来喊他，说何大拿还要跟他掷色子。陈三说老子怕啥，去了。何大拿铁青着脸，仇恨地盯着陈三。陈三心里有些怯，脸上却不在乎，还把身子紧往起挺。

陈三还是押他的猪群，何大拿还是押他的房院。原村主任自下台就走霉运，又输了。陈三胆气更壮，总结出色子是谁腰粗捧着谁。

陈三跟着何大拿出来。又快到何家，何大拿站下，半晌粗着嗓子说："你回去等着。"

陈三摇摇头。原村主任脸色更青，再走，脚步死沉沉。再走几步，陈三忽然说："你要不想给房子，我就照顾照顾你。"

何大拿就停住了脚，却未回头。陈三顿了顿，慢吞吞说："你要乐意，先甭腾房子，就让你家——蓉儿过我这边一趟！"

何大拿身子一震，但仍未回头，只是拳头攥得嘎巴响。

陈三又在家煮了肥肉。

何大拿老婆来了。女人不言声，木然地解衣。陈三发现原本打扮得挺妖俏的原村主任老婆这一年多老多了，丑多了，是个小老婆儿了。陈三皱眉挥手："你回去吧。"女人望着陈三。陈三有些不好意思地笑笑，还是说明了："你回去，叫你丫头来！"

原村主任老婆勃然大怒，指了陈三大骂牲口，陈三吓得躲到炕里去。

女人忽又跪在炕沿下哀求："我老了，脸也不要了，你可不能糟践我丫头，她还是个孩子呀……"

陈三这才想起理来，气呼呼叫嚷："谁强迫你们来着？老子掷色子赢的，不愿意你们就赶紧给我腾房子！"

原村主任老婆大哭大骂地跑出去。

一天没动静，陈三不急。吃了晚饭，陈三溜达出来正要找何大拿讨房院，原民兵媳妇过来了，悄声告诉陈三："小蓉在村后杨树林里等你呢，快去吧。"陈三打个愣，明白了咋回事。可到这时陈三又好生犹豫起来，算计不清到底是该要房院还是要那丫头。

很快陈三就拿定了主意——要那丫头。陈三有群猪，有猪就能有钱，有了钱房子可以再盖，村主任污了自己的女人，陈三要抓住机会要那狗东西加倍偿还，让他搭上老婆再赔上丫头。陈三还有一个更重要的理由要那丫头——他要让何家的丫头给他生个小子。

沟里穷，越穷越不能没小子，为要小子沟里挨过计划生育罚的不少。陈三头生是双傍的两个丫头，后来躲进山沟子里得着个小子，没想到小子没成人。陈三往后家业大了，没有接班人更不成了。现在女人疯疯癫癫，又早挨了劁，尽不了这义务了；何大拿老婆虽未挨劁，可那是落套的秧子结不了瓜了；何家丫头十七八，正是开花坐果的季节。

陈三就快步往村后杨树林子走去。走着陈三又犹豫，这挺冷的天在杨树林子里不得劲儿，该让那丫头到自己家来。转念一想，那小蓉岁数小脸皮儿薄，准是抹不开。

村后杨树林是沟里人眼前能看到的唯一一片树林，早年栽的，现在已给砍得只剩不多的百十棵树了。陈三到树林，模糊黑中果见树林里坐着个鲜艳的闺女，水灵灵的，见陈三过来就低了头。这丫头平时也是狂得厉害，见了陈三正眼没瞧过。陈三走进树林，脚步忽地就有些怯，心头忽地就有些虚——蓉儿比陈三小将近二十岁，陈三能当她爹了。陈三就想村主任如何糟践自己女人的，陈三就想这是何大拿掷色子输了，自愿把闺女给他顶房院的，要是怀不上孩子他陈三还吃亏呢……

陈三就理直气壮起来。陈三就上前抱住了那个粉嫩的蓉儿。那丫头尖叫一声，吓得陈三撒了手。那丫头又闭了嘴，一张脸在模糊黑中惨白。

陈三鼓鼓劲，陈三运运气，陈三饿狼样子上前就要把那丫头按倒。刚刚按倒，那丫头就高喊救命，同时在陈三脸上狠命抓了一把。

随着喊声就又响起了一阵叫喊，几道手电雪亮的光柱一齐把陈三罩住。昏头昏脑的陈三还没弄清怎么回事就劈头盖脸挨了通死揍。陈三杀猪般惨叫着高喊救命。

被打得半死的陈三又被扒去了裤子，一把寒光闪闪的杀猪刀抵上了陈三的腿裆，陈三感觉到了刀尖的锐利。陈三迸出吃奶的力气对着紧紧抓住他的原民兵连长哀求救命。

原民兵连长就拦住原村主任。原民兵连长对陈三说你犯了强奸罪,人家要割你。陈三含混不清地叨念说人家是自愿的。原民兵连长说小蓉叫了,叫了就是不愿,不愿就是强奸,不割你经官也要判你个无期徒刑。原村主任挥刀吼叫:"我们蓉儿是闺女,闺女就是幼女,咱蹲过大牢,懂法,强奸幼女就得吃枪子!"原民兵连长说:"要是赶上严打,得吃两颗枪子儿,先打你下边小头,再打你上边大头!"陈三叫屈:"可我……可我还没那什么呢!"

原村主任大怒:"我们丫头是黄花闺女,只要碰了身子就是犯罪,你真是不见棺材不掉泪!"说着何大拿挥挥刀要割。

原会计又挡住,劝陈三说:"你个死心眼儿,到这地步还不赶紧舍财保命吗?"

陈三醒过腔来,知道上当也晚了。

何家的房院没有给陈三,陈三的猪群却被何大拿赶走了,赶得一头不剩,陈三又什么都没有了。陈三弄不清这到底是不是一场梦,他只是感到了前所未有过的强烈的饥饿。

陈三女人自那天被陈三和何大拿老婆吓跑后就再没影踪,陈三在死空死寂的家里待不住,他在土灰的村街上游荡,不知往哪里去。

夕阳血红。陈三像沙漠中的一只饥饿的羊或狼。

恍惚一个女人领着一个小子走过去,小子肩上还挎着一只鲜艳的红书包。走过去了陈三才觉出这俩人他认识,是他的女人、他的小子。陈三急忙回头寻找,村街却像陈三的心里一样空空落落,一派荒凉。

孤楼

一

朱向钱梦想过有一天自个儿也能像杨树山一般发家致富再娶个十八大九水鲜粉嫩的小媳妇，可他做梦也没想到杨树山会买他的宅院，而且认给八千块。

但是一觉醒来朱向钱却又怀疑这件事真就是个梦。他趴在枕头上一点一点寻思了半天，就想到了晚上是在杨树山家喝的酒，有狗东西马村主任，有小学校的王老师，还有东西邻居。菜挺硬，有鱼有肉；酒挺高级，说是十好几一瓶。好酒好菜，朱向钱左手不撂盅右手不撒筷，着着实实过了个年。朱向钱咂巴咂巴嘴，还有挺大的酒气，嗓子也干得冒烟儿，喝完酒该写房契了，可咋一点儿影儿也记不起来了？朱向钱捶捶脑瓜子，光着脚丫子下地到外屋摸着半拉瓜的破瓢，到水缸里舀了一下子却捞了个空，猫下腰去刮着缸底才舀上点水根子。朱向钱也不管有泥没泥，咕咚咕咚灌下去。脑瓜子清灵点了，朱向钱上炕披上衣裳，抱腿倚墙坐下，抽着烟想起来——还没下桌呢，他就喝得酒精中毒，人事不省了，连家都不知是咋回来的，房契准是没写成。朱向钱在枕头边划拉一遍，任屁也没有，他空着手肚里直骂自个儿下作。本来喝完酒就要写房契，写了房契就要当场点钱——八千块。电视广播里整天说这发了那富了，还听说财主大款们有人一顿饭能吃他几千几万，可朱向钱活了四十来岁，还没尝过两手捧着八千块是个啥滋味儿。本来这会儿八千块是应该姓了朱的，任由他枕着抱着，可只为他一高兴喝崴了，他的钱还得在老杨家多待一宿。待一宿还是小事，万一杨树山一觉睡醒变了卦，那他还没见面的八千块就哗啦泡了汤，这天上掉下来的美好儿就又成了美梦一场空。朱向钱后悔得直想暴揍自个儿一通。

宅院是杨树山上赶着要买的，还挺急，开口就认给六千，朱向钱打个愣他就涨到了七千、八千，朱向钱一点头他就立马要立契过钱，再说他人也请了饭也搭了，虽说少按个手印儿，这事也算钉了钉到板子上了，哪能说变就变呢？这么分析着，朱向钱又心宽起来，他钻进被窝重新躺下，却是再也睡不着，一边盼着天亮，一边想着那么多钱该咋个花法。

先要打酒称肉一家子好好吃一顿，再给金库领弟买身好衣裳，再还还陈账赌债，剩下的就当彩礼去给发家他妈——只要她一接钱，两家就合成一家，钱不是他的，到那时他钱也有了，房也有了，女人也有了，啧啧——发家他妈还养着几头猪一头牛呢……

"爹，我想上学，念书……"

朱向钱正想象前程似锦，炕梢的领弟说了一句梦话，还抽搭了两声，这倒给朱向钱提了醒——有了钱，还得给金库交上学费买上笔本，让他念书去，不能让小子再像自个儿这么窝囊。想着他不由伸手要摸炕当沟儿的金库,不想一伸手金库却先咬起牙来。朱向钱更欢喜——小子咬牙是盼家快发呀!

良宵夜短,好日子没等计划多远,前院的鸡就叫了。朱向钱倒越发兴奋,心想这才叫时来运转,没想到这破烂院竟给他换来了八千块,杨树山八成是让钱烧花了眼,咋就看上了他家这破宅院——寻思到这节骨眼儿,朱向钱心里呼啦划过一道带问号的闪电。

杨树山说是要买他的宅院盖小楼,可他的宅院既没有杨家的大,地势也不比杨家的好,又跟杨家不挨不靠,杨树山咋就呼啦一下忽忽火火要买他的宅院?再说地场在山沟子里不值个钱,他那房院说到四千五千也就撑死老牛了,杨树山买头老驴却给个壮牛价——他杨树山是啥人,小九九算得多精明,啥时做过赔本买卖?先前朱向钱只顾为自个占了大便宜高兴了,这会儿往细一分析,他的心里忽地打起嘟噜来。

朱向钱抱着两条干腿棒子望着乌蒙蒙的窗外琢磨起来。

没剜到篮子不算菜,这一宿杨树山睡得也不踏实。

早上起来,杨树山在台阶上伸了个懒腰,虽然西南墙旮旯就是厕所,可他还是习惯地走下台阶几下就解开了裤子,冲着院墙哗哗啦啦撒出一泡又黄又长的夜尿。然后杨树山系着裤子往外走,要去他的木材加工厂看看。到了大门洞,正要开门,却见脚下有张白纸挺刺眼,他就弯腰捡起来,捡起来杨树山看见了这样一些字:

杨树山,限你今晚把二千块钱放到黑砬洞小洞里,不准报案,不准告诉别人,要不对你不客气。

飞龙帮

杨树山嗡的一声头就大了——他担心的这一天终于降临了。

愣了愣，杨树山急忙打开了铁大门，黑着脸望去，当街只有两只狗、一个小牛犊，扭脸却见一个人影晃进了胡同——像刘三。

杨树山又关了大门，回屋看看艳红还在床上睡着呢，他就悄悄到了西屋，从兜里掏出那张纸，坐在沙发上翻来掉去细看起来。纸是一张十六开白纸，皱皱巴巴，蓝圆珠笔写的，很笨直，明摆着是怕认出笔迹故意写成那样的。杨树山看了半天，看不出啥名堂，只是越看心里越沉，还有些发慌。

杨树山并不是怕那个飞龙帮，总归是常外跑的人，经得不多听得还多呢，他不相信小山村里会有那样一个吓人的组织；他担心的是村里的那些穷人们要算计他。北台子还是个贫困村，十有八家还算贫困户，剩下那一两户富裕点的跟山外比比还是脱不了贫。可是贫困村里却有个实实在在的富裕户，就是杨树山。尽管杨树山从没跟人明说过自个儿有多少钱，可一家过日子百家瞭着，众人的眼睛是杆秤，大伙说老杨家存折上一根金棍儿少说挑着五个银圈圈儿。听着别人这样嚷嚷当时他只觉着腰粗气壮，胸脯子挺得高高的，可过后心里又隐隐不安生起来。杨树山就好像看见大伙的眼睛都在红红地盯着他，杨树山就好像听见大伙都在背后算计他，有回他还梦见全村人哄抢了他的家产，他又变成了一个一无所有像朱向钱一样的穷光蛋……杨树山自认不是个胆小的人，可那个梦却让他想起来就不安。杨树山加高了院墙，安装了铁大门，还托人给划拉着要买只好狼狗看家护院，可那不安和担心仍像鬼影一样若有若无地尾随着他。

现在，这张讹诈信终于证明了杨树山的担心不是多余的。

讹诈信会是谁写的呢？杨树山头一个就想到了刘三。刘三游手好闲，不务正业，又喝又耍，痞了巴叽，好几回借酒撒疯缠巴着要借钱，杨树山一分也没给过他。发家后杨树山有了钱，却从不借钱给村里人，他怕有了初一再有十五，他怕借给了赵家再招引来钱家孙家李家，一村子穷人你救济得过来吗？再说借时千恩万谢，还时千难万难，一要账更得罪人，不如干脆就抹下脸去不惯毛病。琢磨一会儿，杨树山又觉刘三那小子惯耍的是一个横，不一定就想得出这个招儿来。杨树山就又想到了林狗子、侯运来、于成龙，甚至他还想到了朱向钱……杨树山越寻思可疑人物越多，越算计越觉算计他的人不止一个两个……算计到后来，杨树山只觉十个人里倒有八个可疑，他感到自己陷入了全村人虎视眈眈的包围之中。他的脑门子不禁渗出冷汗来。

听得脚步，杨树山竟不由打个激灵，慌忙把那张纸塞进衣兜里。艳红趿拉着拖鞋过来见他那样就问咋了，杨树山摇头说没事儿，艳红疑惑，还要再问，外边已有人叫门。

来的是马村主任，昨晚走时杨树山吩咐他早点过来。杨树山定定神，扔给马主任一支烟，两人抽着烟，等着朱向钱。

等一阵子还没朱向钱的影，杨树山就让艳红把昨晚的剩菜热了，说老马你愿喝就来两盅。马主任是吃惯的嘴，也不客气，自个倒了酒。吃完了朱向钱还没过来，马主任说这老耗子八成是让猫叼去了，也没用杨树山支使就去找朱向钱。杨树山也顾不上再琢磨那封讹诈信，他得先把朱家的房院攥到手，以免夜长梦多。

等了老半天，杨树山不禁焦躁起来，起身要去看看，才到当院，刚好进门的马主任就嚷嚷开了："你说朱老耗子这小子算啥玩意儿，砸定得丁郴铁牢的事，睡一宿他就变了卦！"

　　夕阳落尽的时候，杨树山脚步沉沉地向小西沟门走去。他本来是打算要去找朱向钱，可吃晚饭时他改变了主意。

　　黑砬洞在小西沟门南坡上，是个不大的天然石洞，这个石洞跟杨树山家有着很大关系。五十多年前杨树山他爷爷带着一家五六口逃荒，初到北台子村时，就是在这个山洞落的脚，一直到快解放才在北山根儿那压了两间小草房。这个本没名字的砬洞子因为杨家烟熏火燎变成了黑色儿的，也就叫成了黑砬洞。虽然杨家早已搬出了黑砬洞，可好长时间村里人还习惯称他家为"黑砬洞老杨家"。虽然杨树山并未在砬洞里住过一天，可自打他知道啥叫寒碜那天起，每当听到"黑砬洞老杨家"这称呼他都不禁脸红耳热，无地自容。就是在越穷越光荣的那些年里，他爹被选进大队公社革委会，经常带领贫下中农社员还有小学生到黑砬洞前忆苦思甜，痛说革命家史，杨树山却躲到没人的地方，梦想有一天豁亮亮盖上三间大瓦房，让村里人看一看……杨树山平常也总是躲着这个让他们老杨家脸上无光的砬洞子，没离婚时还不准发家他们到砬洞子去玩，他不想让孩子知道这石砬洞曾是他们杨家的房子。

　　快三十年没进过黑砬洞子，可杨树山不懂事时在砬洞子里玩惯了的，想忘也忘不了。洞不深，不高，不怪，是孩子们玩耍的好地方。里边洞壁半人高的地方还有个小碗口大小的小洞，斜着向下深有一尺，小时候杨树山常往里边藏东西，有回塞进一只大蛤蟆再让朱向钱去掏，一掏把朱向钱吓得鬼哭狼嚎。可现在，黑砬洞却变得有些阴森可怖起来。杨树山阴沉着脸，在洞外站了站，方才从怀里掏出一个纸包来。

　　进洞前杨树山四下里望望，山坡上没树，蒿草也还没长起来，光秃秃的，四外也找不到人影。可杨树山却觉得有一双眼睛正在暗中死死盯着他，盯得他心里发慌身上发冷……

打石砬洞里走出来，杨树山站在洞口往北望去，北山根那三间房院在黄昏中已经模糊不清。但杨树山依然看得到房顶上的每一块瓦，院墙上的每一块石头。四十四年前，杨树山就出生在那个小院里，十四年前，他把爹娘老子留给他两间低矮的黄泥草屋翻盖成了三间砖瓦房，四年前他在村子当中又盖起了四间红瓦房，这老房院就被闲置起来。可是仅仅闲了一年，他前妻尹淑芬就领着他和她的一双儿女重新回到了那里。几年来，杨树山很少迈回过那所老院，但有时他会假装路过假装无意地向已经不属于他的这个房院瞭几眼，有时在梦里他又回到了老房院，又成了它的主人，甚至有时跟艳红亲热后，杨树山会立刻想起比艳红大十五岁的那个叫尹淑芬的女人。

天黑下来了，杨树山不再犹豫，他向对面的房院走去。

杨树山不是为了去看望那个旧家，而是要藏进那个院里等候那个讹诈他的人。一开头杨树山就没打算报案，他怕报了案破不了还要搭钱赔工夫，而最主要的是杨树山不想让村里人知道杨树山受了讹遭了诈，他料想那会让不少人幸灾乐祸，他料想村里人会冲着他的背影点指说："瞅瞅，这钱挣多了有啥好处，担惊受怕的，还是咱这贫下中农的日子过得安然自在！"杨树山更担心这事一传扬开，会招引更多的人想出更阴损的法子来讹他的钱。

南山腰距北山根不过十几丈远，但杨树山却觉得走了好长的工夫，走得好累。离大门口还有几步远，杨树山站住了，他看见门口一个快跟自己一般高的单薄的人影正一动不动地望着他。

"发家，你咋回来了，又是星期天了？"杨树山声音和缓地问儿子。离婚时杨树山求着儿子跟着他，可发家跟他姐春花一样宁肯受穷受罪也坚决跟着他们的娘回到这所破旧的老房院。

发家并不回答杨树山的话，只是伸出手生硬地说出三个字："给我钱！"十五岁的孩子已变了嗓子，声音憨哑。

杨树山从兜里摸出两张票子给了发家。离婚时尹淑花没要他一分存款，也没跟他争家产，只是默默地领着她的一双儿女，牵着她的一大一小两头牛，赶着她的一头母猪和十二只猪崽儿回到了她的老房院，并且她只一句"我养得活他们"就简单而坚决地拒绝了杨树山主动承担的两个孩子的抚养费。那女人话很少很少，但杨树山知道她说出的话就一定要办成，她认准的道九头牛拉不回。三年来她靠自己的一双手不光养活了俩孩子，宁肯自己吃多少苦也没让孩子受一丁点罪，头年还把春花送进了很远的一个城市里，成为村里头一个大专生。重新走回这个房院后春花发家谁也没再唤过他一声爹，可他们依然是他杨树山的亲生骨肉，杨树山觉得对不起孩子，他就偷偷给他们钱。春花一分也没要过，发家开头不要，后来就一句话不说地接了，可接钱时他那恨恨的眼神让杨树山心里凉凉地痛。后来发家就主动向杨树山要钱了，除了坚决不准杨树山让他娘知道外，发家要钱时总是生硬的三个字："给我钱。"开始杨树山只三十二十地给他，可自打头年发家到黄旗镇念初中后，杨树山就每月给一百让他零花，当然艳红和淑芬谁都不知道。这阵子发家每回都多要一百，杨树山知道发家他娘已给他带足学杂费伙食费，杨树山想问问他还要这么多钱干啥。杨树山想要告诉发家，孩子打小不能养成大手大脚乱花钱的毛病，杨树山想要告诉发家，发家他爹小时候一年也花不上一块钱……杨树山想要告诉发家很多话，可是面对发家那样子，杨树山又什么也问不出口，什么也说不出口，虽然杨树山觉着给孩子过多的钱容易把孩子惯成败家子儿，可他好像又只有用钱给孩子一点补偿才能减轻一些内心的负疚。春花已经把杨树山寄给她的两千块钱一分不少地邮还了他，杨树山怕自己若是再说什么，连发家也不会再要他的钱了。

但是今晚发家接过二百块钱却又伸出手多说两个字："不够！"

孩子这么乱花自己并不是很容易挣来的钱，杨树山是真心疼，他又奇怪地感到骄傲和欣慰——总归是自己的儿子，才能这么仗义地向老子要钱。别看发家对他没个好脸色儿，可父子爷们儿这血肉相连的情义是啥时也断不了的！杨树山想告诉发家：别苦着自己，你爹小时受穷受苦，现在不能再让你受了屈，想买啥就买啥吧，你爹有的是钱，你爹还要给你盖楼呢！可杨树山的嘴只是动了动，手只是停了停，还是啥也没说地又掏出一百块钱按到了发家手上。

发家接了钱，不等杨树山抽回手，他已一甩手转身往屋里去了。这时杨树山身后响起了曾经很熟悉的脚步声。

杨树山扭头，一个熟悉而又陌生了的身影已到近前，肩上扛把耙子。那人漠然地从杨树山身边走过去，进院随手关上了桦树条子编成的栅栏门。尹淑芬是个很瘦的女人，但骨板很大，所以并不显单薄，干起活来更是不知哪来的劲头，不吃饭也能不声不响地跟杨树山这般壮实的车轴汉子一镐不落地赛上半天。女人只知干活，不爱言语，但从前杨树山出门时她总是低而柔地说"走了？"再用眼睛把他送出老远，杨树山回来时她又会老远地用眼睛迎接，到近前再柔而低地说声"回来了？"离婚后女人却再没跟他说过一句话，甚至面对面走过也不会骂一句呸一口剜一眼或者扭过脸去，而只是平静漠然地走过去，也不愤怒也不悲凄，好像压根儿不认识没看见杨树山这个人。女人那样子倒不如骂两句呸两口让杨树山心里好受，每当那个时刻什么存折新房小媳妇都不能再让杨树山骄傲得意，在平静漠然曾经跟他同甘共苦的女人面前，杨树山成了啥也不是的龟孙子，连说句话的份也没了。所以杨树山平常总是小心躲避着，不跟尹淑芬正面接触。今晚杨树山打算偷偷埋伏在院子里的干草垛上等待那个讹钱的人，他还拿了一个手电筒。可是栅栏门被尹淑芬随手轻轻一关，杨树山就连再向门口迈一步的力气和勇气也没了。

杨树山忽然无比强烈地怀念起他的老房院来——老房院已很破旧，可那曾经是他的家，家里曾经有他的妻子儿女，作为主人站在贫穷的院子里计划的富足红火的好日子，曾经无数次让杨树山热血沸腾浑身是劲……现在比从前想象计划的还要好得多的好日子过上了，他杨树山成了穷山沟里的大款首富，可老房院却已不再接纳他。杨树山抬头。老房院好像已离他很远很远，远得他再不能够走进去。

杨树山并没有像计划的那样守候一宿抓住那个讹钱的狗东西，因为那人也不是傻子，看他守在那里还会去拿钱——今晚天上有多半个月亮，附近山坡上原本有些树，却早在头些年就让村民滥砍盗伐得一棵不剩，然后卖到了杨树山的加工厂里，唯一可以藏身的杨家老院杨树山又没有一丝勇气推门走进。杨树山只觉得格外累，他要回到家里去睡觉。

杨树山并不喜欢那张软巴溜丢的席梦思软床，所以盖新房时他还是盘了铺小炕，接长不短他就去睡上一宿，说是解乏。艳红老说他八辈子脱不了土气。今晚杨树山本来也要睡到小炕上去，却被艳红又拽上了席梦思。艳红扎在杨树山怀里孩子似的撒娇，可杨树山今儿个却接触不良，任艳红百般逗引也没啥反应。艳红这才噘起嘴来盘问杨树山今晚上死哪里了，是不是找那大娘们儿去了。

把艳红接回来快三年了，杨树山还没跟她发过脾气。杨树山敢说自己不是拈花惹草见了女人就拉不动腿的男人，发家前他规规矩矩一心扑在挣钱上，除了尹淑芬没沾过别的女人。致富后杨树山一回半回在外边被拉着半推半就地打了点野食儿，可他没当真，他知道外头的女人脸蛋儿再好也不会像尹淑芬那样一心一意跟他过日子，把钱给她们都冤。不想遇见艳红后，杨树山却像猪八戒误入了盘丝洞，被柔软而黏韧的情丝紧紧缠住了，而且他越挣越紧。艳红会千娇百媚地撒娇，会左一口右一口跟他亲嘴，会把舌头搅进他的嘴里去，会骑到他身上去……艳红知道怎样让他舒服好受，也会躲躲闪闪半推半就把他的火力煽得更旺更烈。这些尹淑芬从没给过他。跟艳红在一起后，杨树山才知道了什么叫女人，什么叫享受，才明白了为啥说书唱戏里那么多英雄好汉都会拜倒在娘儿们的脚下。杨树山知道自己不该把艳红领回家，可他又实在舍不下她。反过来再想想，自己已经辛苦半辈子了，如今有了钱，活得好点舒服点也不能算过。人家三个四个地养着，他只要艳红一个；别人喜新厌旧，他杨树山是个有良心的人，淑芬是他的结发妻，苦日子都跟他熬过来了，他杨树山不想当陈世美留下千古骂名。艳红答应嫁他，除了要求杨树山保证她的经济供给外，还要他必须把大娘们儿先打发了。钱好说，杨树山除了坚持坚决不让艳红知道自己的存折上有多少钱的原则外，吃的穿的供着她花。可是对于尹淑芬，他为了好阵子难，还是下不了绝情。后来杨树山跟尹淑芬说了实情，跟她商量，让她跟艳红在新房院里和平共处。尹淑芬傻了一天，哭了一宿，哑着嗓子问一句：“你还能回心转意不？"杨树山不说话，半晌只是叹口气。尹淑芬就把家里干到半截的活计干完，然后跟杨树山在新房院里说了最后一句话："我跟你去离婚。"杨树山无声地叹口气，又暗自舒了一口气。杨树山比艳红早生十七年，能当她爹了，所以原本在家说一不二的他把艳红领回后就反主为客，把小媳妇当个孩子哄着宠着。杨树山没让钱烧糊涂了，知道自己别看在村里和南庄北屯是号人物，可一到外边不过是个江青脑袋高粱花子的土财主，上不了档次，所以把艳红领回后他就尽量不放她再出去，生怕出去了有一天会把她放飞了。正为如此杨树山也就对艳红越发迁就，平时任她赌气撒疯也没烦过。可今儿个艳红一句"大娘们儿"却不知怎么呛了杨树山的肺管子，他立时瞪起眼呵斥一句："往后你少捞啥呛啥！"

"哟，今儿个吃枪药了？"艳红愣一愣，恼了，撇嘴骂句"耍什么狗屁威风，窝囊废！"便赌气一个滚儿翻了过去。

杨树山今儿个格外烦，想发火，想骂人。

可喘几口粗气他还是忍下了，转过身去躺了半天，再也睡不着，心里越折腾越乱。杨树山就坐起来点着支烟，算计会儿明天该给朱向钱加多少钱，又猜摸起讹钱的人到底是谁，这会儿是不是已经拿钱去了……想着杨树山忽又担心起来——万一那讹钱的不是村里人，而真是什么黑帮人物或是流窜犯，那要是发现他放在黑砬洞小洞眼里的不是两千块钱而是一包废纸，那……正在胡思乱想，忽听外面院里好像有点响动，他立时紧张起来。侧耳细听，又没了动静。窗户是双玻璃，挺隔音，杨树山放心不下，披衣裳悄悄摸下了地。

到了外屋门口，杨树山盯准了，猛地打开了当院的灯。灯光一亮，果见一个活物贴着地皮蹭蹭蹭向墙根儿窜去……

二

昨夜虽说只是一只野猫，却把杨树山吓了一跳，在当院又着了凉，后半夜他就发起烧来，今儿个又躺了一天。可看看天要黑了，杨树山躺不住了。

在朱家没大门的大门口杨树山擤了两把鼻涕，未等进院，院里却先出来了朱向钱。

朱向钱虽然到这会儿还没明白他的破房院凭啥值得了八千块，可杨树山上赶门包着要买可是真的——虽然杨树山给的价已经算顶天了，可也不能痛快儿地就把房院给了他，他杨树山钱多得没处花，多赚他两个是两个。这么一来，朱向钱又庆幸自个儿喝醉了酒。昨天朱向钱还沉得住气，可今儿溜溜一天没等到杨树山的影，朱向钱就开始后悔了。眼看天黑了，他再也抻不住劲了，抬脚要去老杨家。

一见杨树山先来，朱向钱的心又掉进了肚里。

见来了人，正在低度灯泡子底下看书的领弟就躲到了炕里去。朱向钱接过杨树山递过的烟，美滋滋儿抽两口等着杨树山开口涨钱。不料抽了半截烟，杨树山却说他这两天手头紧，房院暂时先不买了。

看看夹着烟卷忘了抽，小眼瞪大眼望着自己的朱向钱，杨树山挺抱歉地又说句："我也是没大辙，这事儿就先搁搁，过几天要能打开点儿咱再商量，我得回去找人拔几罐儿去！"

杨树山撂下了说不上话来的朱向钱，说走真就走了。

杨树山一来时是急着要催朱向钱做手续的，他也准备再提提价，可一见朱向钱那架势，杨树山忽地明白过来了——心急吃不下热年糕，也不怨朱向钱拿捏起来了。杨树山就又改了主意——没人争没人抢，犯不上那么急，也犯不上出那么高的价。出不了三天朱向钱就得上赶门来求自己买他的房院——走进自家大门时杨树山这样断定。

明知杨树山要要花招拿一把，可三天没到头朱向钱还真是撑不住劲了，这晚肚里骂着杨树山，朱向钱就往老杨家走去。

可是半道儿朱向钱却让牛大眼截住了，牛大眼告诉朱向钱，说他那宅院是风水宝地，卖不得。朱向钱听得直想乐——就那破房烂院，日子越过越蔫巴，媳妇跑了，闺女飞了，还风水宝地？牛大眼一巴掌拍在朱向钱肩膀上说："不怨娘们儿跑了，我看刀割在你身上你都不知道疼，他杨树山凭啥买你的房院？还不是冲着那是块宝贝地方！"

朱向钱也急了，追问到底是咋回事。牛大眼告诉他，说杨树山打算着盖小楼，外边请来个风水先生给他看宅院，那先生看了他家的宅院摇摇头没言声，出去转了一圈，到朱家门口停下来，左照量右端详，又拿罗盘做了鉴定，然后不住地点头咂巴嘴，回去跟杨树山说他看了一辈子风水还没碰到过这么上好的阳宅呢。杨树山细问，那先生就告诉他朱家的宅院是宝宅，三十年内要出贵人，还要出大贵人。

朱向钱听得云山雾罩半信半疑："有这么玄乎，大眼贼你不是喝多了呲胡话吧？"

牛大眼火燎燎说："有半句瞎话我给你当孙子——咳，你那房院原来不是地主刘大头的吗？"

朱向钱想想，说："没钱，这房子快有百八十年了吧，你说过去差那房子就是掉的头。"

牛大眼又一拍大腿："这不结了，老刘家靠啥发的家成的地主？官话说是靠剥削压迫，土话就得说靠那宝贝宅院！那先生还说那宅院早就该出贵人了，就是让这改朝换代给耽误了……可啥事不也讲究个一分为二私，这一耽误坏事就成了好事，把老刘家的贵人赶到你们老朱家来了！更有一宗难得呀，耽误这些年，把个小贵人憋成大贵人了，比方说原先出个县官就不赖了，这会儿小着也得是个市长省长的！"

朱向钱听得目瞪口呆，半晌方问牛大眼咋知道得这么清楚，牛大眼说没个不透风的墙，全村人都嚷嚷火动的，怕就你一个还蒙在鼓里呢！见朱向钱还是不肯当真，牛大眼就拉了他去问大伙。

朱向钱随着牛大眼到了碾坊前，那里已然聚了一群人。早先不论冬夏，每日吃了晚饭汉子娘们儿都要到这里聚会，河咸海淡七荤八素地说一通，也算村里一景。这几年有了电，碾子歇工了，晚上大伙也有电视看，不大出屋了，可逢着村里有了大事出了新闻，不用吆喝不用叫，大伙仍会蜂子找窝似的拢到这疙瘩。朱向钱老远就听见大伙今儿晚上呛呛的是他家卖房院这一出，到了近前没等他开口，大伙又已老鸹见了死小猪子一般争先恐后挤上来，你一舌头我一嘴呛呛。朱向钱被围在当中间，脸上潲风雨似的淋了不少唾沫星子，大家情绪激昂，那情形跟当年前开批判大会"斗争地富反坏"差不多。可朱向钱还挺激动——平常他不是被当笑话就是被当活宝耍，还没有这么多人为他的事这么认真过，吵嚷过，他脸上湿乎乎心里热乎乎。

大伙说你咋那么糊涂，咋把那宝贝宅基卖给杨树山呢？大伙说杨树山有几个糟烂钱，傲得都快钻出犄角撅出尾巴来了，要是再有上一处风水宝宅，那他还不得定咋闹妖呢！大伙说他杨树山有小子，你朱向钱也不是绝户头哇，干吗把白捡的富贵白便宜老杨家却不留给自家的子孙后代呢？……

大伙七嘴八舌说来说去，最后众口同音归结成一个调儿——风水宝宅绝不能卖给杨树山！

夜里朱向钱又睡不着了，这回不是为了杨树山要买他的房院，而是为他有了一座风水宝宅。这才叫六十年风水轮回转呢，这回也该老朱家扬眉吐气了！想想将来自家出了贵人，日子过得穿金戴银，朱向钱跟刚过足了大烟瘾那么精神，只盼着好日子早一天到来。兴奋中忽然肚子叽里咕噜一阵饥叫，吵醒了睁着眼睛做美梦的朱向钱——他这才想起，晚晌他只吃了半顿饭，明儿早上就揭不开锅了……

朱向钱原来叫朱向前，那还是上小学时老师给起的，一来"向前"这俩字儿挺有革命性和斗争精神，二来也暗含着猪往前拱的意思，希图日后能把日子过起来。地包到户后朱向钱也紧招活，地里粮食也没比旁人少打，照那样发展富不了也不会比一般户赖。可他吃了五谷想六谷，看杨树山倒腾买卖挣了钱眼红起来，也学着折腾，还把"向前"的"前"字改革成了挺符合时代精神的"钱"字。不料几年过去了，杨树山如鱼得水越游越肥，他朱向钱却是泥人下汤锅越扑腾越是少肉掉渣儿，钱没挣着倒搭上了一头牛三只羊，还又背上了债。待他醒过腔来，后悔已经迟了，靠种地也不解渴了，债主日日上门讨债，媳妇黑白儿跟他怄气。朱向钱就卖了还没骑上几天的自行车上了耍钱场，想撞个大运。先赢了，接着又输输赢赢，朱向钱就上了瘾入了迷，再没钱就灌粮食抬柜，连猪食槽子都抵了赌债。媳妇跟他嚷不起气了，扔下孩子出外打工，受苦受累受委屈拿回点血汗钱又让朱向钱偷去拿上牌桌，两天下来输了个精光。媳妇一气之下年都没过就走了，走了再没回来，后来只回来过一封信，让朱向钱照顾好仨孩子，她对不起他了。媳妇一飞，朱向钱更没了管束，地扔荒了不管，孩子没学费不问，上边给点救济粮他还要卖一半儿换俩小钱上牌桌。大闺女招弟只十七八朱向钱就忙着给她找人家，指望能多要彩礼添补添补，可那没良心的胳膊肘全拐到外边去，说她爹是卖闺女，求她爹少要两千。朱向钱理所当然一分不让，还把她臭骂了一通，那没良心的就丢下句"我让你一分捞不着"，领上没过门的女婿影儿都不见了。朱向钱骂一阵哭一阵悔一阵痛一阵，往后更是破罐子破摔了，人也皮了脸也厚了，没钱就聊天撒谎到处借，没粮就村里镇里去要。人过四十天过午，朱向钱只当要翻身是下辈子的事了，不成想穷命人还有天照应，他这破烂房院居然是风水宝地，出贵人的场所，只要守住这块阵地，他老朱家要发家致富实现小康大康好像已是板上钉钉的事了。前途灿烂光明，可那得等到二三十年金库长大以后，而眼下却有迈不过的沟坎儿挡在朱向钱脚下——家里的吃食又没了，两个孩子交不上学费在家待了几个月。

领弟念不上书也就罢了，说是男女一样，可闺女长大总归是外姓人，有点良心的能要回几个彩礼，像招弟那样的就得干赔。金库可是他朱家的根，是他交了超生罚款换来的，说啥也不能让小子再像他老子这么窝囊了。朱向钱这辈儿不能大富大贵，就指望金库这茬儿出人头地了，何况还有占着风水宝宅出贵人这一说。当贵人就得先念书，这社会没文化可难当大官挣大钱。念书哪来的钱？眼下有一条路就是卖宅院，卖了宅院金库立马能去上学——可把这生养贵人的宅院败家了，金库念书又有什么用?

朱向钱一会儿决心要卖宅院,一会儿又发誓宅院穷死不能卖,翻来覆去左右为难拿不定主意,倒是肚子越来越空地叫起来。

第二天朱向钱早早起来,出了大门正寻摸着上谁家先借点米,抬头却见狗东西马主任迈着八字步向他走来。

朱向钱只当马主任又给杨树山当狗腿子来了,不料到院里马主任却劝朱向钱别急着卖房院。马主任说:"按说老杨托我做中间人买你这院,我不该拦着你,可我当干部的一碗水不端平心里不安生。你有困难跟我说,要真想卖房院,也先跟我通个气,虽说有些事是迷信,可总归有这一说,卖也得卖个好价,别让人抓唬了。"

朱向钱平常顶恶厌马主任。这家伙当着村干部不张罗给大伙办点正事,就知道抱杨树山的粗腿,大伙说他不像共产党的村干部,倒像是地主老财的狗腿子,朱向钱背后总叫他狗东西。可是今儿个马主任一番话却让朱向钱头回听着顺耳,看这狗东西也有个村主任的模样了。当下朱向钱连声应着,就把眼前的困难汇报给村主任。朱向钱又没想到,马主任领着他回去给他秤了四十斤小米,又给捎带上一秤盘子大米,说是白给的,也不管村主任老婆脸子拉得比马脸还长。朱向钱挺受感动的,要再借几百块钱的话反倒说不出口了。

总归是干部,再差劲也比一般群众觉悟高——从马主任家背了米出来,朱向钱这样感慨,并打算等自家富贵之时给个金溜子报答老马,也叫人看看他老朱不是不知报恩的人。

爷儿仨饱饱吃了顿大米饭,朱向钱叫金库跟他姐一块看书,自己出去借钱。

在村里转悠了一圈儿，最后朱向钱在小西沟门儿杨家老院门前停住了脚。朱向钱求过杨树山，钱没借到一分，米未借到一粒，可他从没跟尹淑芬张过嘴——面对这个女人朱向钱就发愧，跟她一比，朱向钱就觉自己白当了回爷们儿。

尹淑芬正把一筐牛粪倒在院墙外的粪堆上，这会儿化肥都把人养懒了，捡粪的看不见几个了。朱向钱想夸女人能干，这大堆粪够上十亩地了。可话到嘴边又觉多余，面对这女人，朱向钱真不知咋开口了。

好半天，朱向钱终于厚着脸皮叫了声嫂子，朱向钱跟杨树山同岁，生日却小，尹淑芬虽跟杨树山离了几年了，可除了大嫂朱向钱不知再叫她什么好。

听朱向钱说想借钱，尹淑芬微微一愣。朱向钱说："哦，大嫂，我好歹也是个老爷们儿，肉皮厚点儿可也不是不知耻，我知道实在不该跟你张这个嘴，可我也实在是没辙了……"朱向钱说着竟觉鼻子发酸眼眶子发热，急得就想在女人跟前呜呜哭一场，可他却忍住泪，挤出些笑说，"大伙都说我全村都借遍了，可我一算计还没跟你张过嘴呢，得补齐了呀……"

见尹淑芬不言声，朱向钱就轻松笑笑说："行了，这回大伙再说我也不冤了，你忙着吧，大嫂，我走了……"说着朱向钱忙忙地就走。走了十几步，后边尹淑芬轻轻唤了一声："你等等，他叔——"

朱向钱回身，尹淑芬望着他问："他叔，你是有啥紧事儿吧？"

朱向钱还想笑，张嘴却是叹了口气："金库在家待了俩来月了，我还想让他去念书……你一个女人家供出了一个大学生，可我……"说着朱向钱忽然抱头蹲在了地上。

女人为了阵子难，待朱向钱站起来她才问："多少？"

朱向钱忙摆手："我知道，实话说你比我难，我这都是脚上打泡自个儿走的，值不得人家……"

女人想想，说："待会儿叫金库过来拿吧！"停了停她又回了一句，"别耽误孩子！"

朱向钱想说不要就再说不出口了。他看女人，女人依然平静，淡淡地望着他。朱向钱往回走两步，情不自禁地放大胆问："从前那就甭提它了，打这往后我也想正经八百过日子，你说大嫂——我还能过起来不？"

尹淑芬说："咋就过不起来呢。"停会儿又说，"过日子，过日子，要安心过，没钱也能把日子过红火了，要不安心过，钱再多也能把日子过冷清了。"女人越说声越低。

女人一句话，让朱向钱心里立时滚热起来，一时间有好多话想跟尹淑芬说——他想跟她起个誓，自个儿从今儿起就好好过日子，再不喝酒，再不打牌，让她看着；他想问问她他的房院到底是该留还是该卖；他想问问她往后有个啥打算；他想跟她说，你也不老，我也不老，咱不能这辈子就这么过下去；他想说……

可是朱向钱只是张着嘴呆呆望着尹淑芬，满肚子话却不知道说啥好。

女人说："回去叫金库来吧。"就背着空筐慢慢转身。

朱向钱咽了口唾沫，巴巴地望着尹淑芬往院里走去，刚吃得饱饱的肚子忽地又觉得很空很空……

听到脚步声，朱向钱扭脸却见杨树山打南边走过来，脸色阴沉地盯着他。

杨树山终于伸出了手，可那只手却不由地有些抖，好像黑砬洞的小洞眼里藏着条毒蛇。

洞眼是空的。这结果在他意料之内，因为他放进去的那包废纸刺目地散落在山坡上。

对着那个黑乎乎的洞眼发了半天呆，杨树山觉得有些冷。慢慢走出石洞，他不禁又向北山根老房院望去，他就看见了大门外的尹淑芬，还有离尹淑芬不远的那个瘦小的男人。

四年多来，杨树山暗中希望尹淑芬能够再找个男人，那样他觉得自己会心里安然许多。可是这一刻见有光棍儿男人跟尹淑芬在一起，杨树山肚里却又泛起了酸水，他不由自主地向那所老房院走过去。

待他走近，尹淑芬已走回院去。朱向钱停了停，也走了。杨树山没想到朱向钱没跟他提起卖房的事，他想叫住朱向钱，张嘴没有喊出声，脸色却越发阴沉。

杨树山没回家，而是径直走进了村主任的大院。到半当院，马主任娘们儿就已满脸笑纹地迎出，接财神一般把杨树山接进屋去。村主任的五间大瓦房盖上六七年了，到这会儿在村里也算得一流建筑，盖房时借的五千块钱马主任没张罗还，杨树山也没张罗要。

听马主任说朱老耗子房院不想卖了，杨树山还是不动声色，可是听马主任说大伙对他要买房院有点反映，杨树山一愣："老耗子不是不想卖，他还不是想多扛俩钱儿，可是这事跟旁人八竿子打不着，他们有啥意见？"

马主任抽了两口烟，吧嗒吧嗒嘴："大伙说你那房院占的地场大……"

没等马主任说完，杨树山就火了："院子大的也不止我一家——你去量量，新盖的房院有一家面积不大的我回去就把房子推了！"

马主任赔着笑说："可不是呗，可不是呗，可谁叫你比大伙有钱呢？要是朱老耗子，占俩大院也没人啃他……"

"我有钱也是靠辛苦凭能耐挣的，这人就恨人有笑人无！可哪条哪款不让买房院了？赶明儿挣了大钱我还买他一趟街呢！"杨树山真的上了火动了气。

马主任却是不急不慌："要光这一宗也罢了，大伙又嚷嚷你的加工厂，说承包少了，收私木头了，少交税了，意见不小，反映挺大……"

杨树山瞪大眼睛怒道："哪个说的？"

马主任说："七嘴八舌头哇，我没少做工作。"

杨树山不言声了，喘着粗气抽了半支烟忽又问："盆说盆碗说碗，我买房院跟那些事有啥关联？"

马主任卡了卡，吧嗒吧嗒嘴："我不是怕这事成了药引子么。这会儿这人不是早先了，又看电视又听广播的，糊弄不了，压服不住，万一大伙要是闲得没营生较起真儿来……"

想不到房院买得这么不顺当，一路往家走，杨树山一路后悔当初没先写个房契再喝酒。

进了老院，却见尹双贵正出屋，后边艳红笑盈盈送出来。

见杨树山回来了，尹双贵就告诉他说电视坏了，杨树山屋也没进赶紧就去了加工厂。

虽说那天早上在肚里已跟尹淑芬起誓，说往后再上要钱场朱向钱就是龟孙子，可多亏了尹淑芬把三百块钱直接给了金库而没让朱向钱着边，他才强忍住没把那钱拿去赌了。金库撒了一阵子野跑了一阵子荒，懒得上学受管束去了，被朱向钱骂了一顿子，方才抹着泪赌着气让爹借辆车子送到了黄旗镇中学。送走了小子，回来领弟却又哭哭啼啼，求着也要去念书。朱向钱烦了，把丫头骂一通，这才出去了。

朱向钱正在碾坊那跟大伙闲唠，忽听村里大喇叭叫唤起来，是马主任："啊啊，大伙注意了！咱村的模范户杨树山致富不忘众乡亲，今晌午请大伙到他家里坐坐，啊，吃顿饭！啊，一户去一个，十二点准时，啊！大伙都听清了没？……"

听完了广播，大伙好半天没动静。朱向钱更觉纳闷儿，这杨树山自从有了几个臭钱后，除了狗东西马主任，他亲爹要活着他也不准认账了，今儿个咋日头打西边出来了？

"杨树山要出血，这是唱的哪出哇？"

"他是啥人，没个无缘无故让你白吃的！"

刚要说请就去管他唱的猴戏马戏的朱向钱，一听大伙这么说，话到嘴边又改了口："对，他准是要求着咱了。用着了又请又敬，用不着热屁都没一个，我说咱都不准去，让他白折腾白瞎钱！"

朱向钱话音未落大伙便随声附和，说不去，叫他知道知道咱人穷志不短，不像马主任狗似的任他呼来唤去！大伙越说越激愤，最后朱向钱就总结说："对，说不去就不去！说好了，谁去谁是龟孙子——是杨树山的孙子！"

说着大伙看天的看天，瞅表的瞅表，都说天不早了，该散了。大伙说散就散了。

回到家，领弟也不知哪去了，朱向钱一气阳阳晒困了，就侧歪到炕上想迷糊一觉。

还没开犁，村里还吃两顿饭，天也才将晌午。可今儿个朱向钱躺在炕上只觉着肚子发空，嗓子眼儿发痒，心里老想着老杨家的宴席。杨树山家的宴席头几天要写房契时他尝过，有鱼有肉，一大桌子，比他朱向钱过年都强了百折子，这会儿一寻思他还不由满嘴口水。

躺了一会儿睡不着，倒是肚子越来越显空，心里越不是滋味儿。躺着躺着朱向钱忽地坐起来，心说不吃他杨树山吃谁去，白吃傻子才不吃呢——反正吃了也不搭他杨家交情！

朱向钱理壮气粗地走出破宅烂院往杨家奔去。望见了杨家的红砖墙、黑铁门，朱向钱却又犹豫起来——说好的大伙不来吃，他一个来了大伙还不找他的后账呀……

可是朱向钱想不到，当他缩头屡脑迈进杨家大门时，却只见杨家房前阅台上一拉溜摆了七八桌子，村里每户一个，差不多都到齐了。这顿酒一直喝到红日西斜，大伙方才红头涨脸跟跟跄跄笑笑骂骂撤去。杨树山让艳红陪着帮忙的，自己就乘火烧烙铁，揣了早已写好的意见书到各家各户去盖手戳儿按手印儿。

虽说平常大伙在背后没有说杨树山好话的，可一见杨大款不知哪股风吹进了自家院，全都大白天见了星星般稀罕，何况家里又有人刚刚在人家那沾了荤腥儿，各家全都笑脸紧着往屋让。待到杨树山拿出那张意见书来，有喝过墨水的捧过一看，只见上边写着：

我们完全同意杨树山买朱向钱的房院，坚决拥护杨树山接着开木材加工厂。

看过了，各家都说咱庄稼人宽裕了可不就是置房子置地置骡子置马呗！痛痛快快盖上了手戳儿。又说你老杨家开着加工厂也是给咱大伙办了好事，说实在的你要不开这个厂子我们偷了木头哪卖去？又痛痛快快按上手印印儿。

天将擦黑儿杨树山揣了那张密密麻麻盖满红戳儿红手印的意见书，轻轻松松往家走。可未进家门，一阵叫骂声却先从他家院中传出。

门外站了好几个人，见杨树山回来就退得老远。杨树山进院，刘三正指着屋里大着舌头大骂杨树山。杨树山说："三儿，你又喝来吧！"刘三就拨愣着脑袋瞪着眼说："老子是喝来，可喝的不是你杨树山的酒！"

论庄亲刘三儿该叫杨树山一声叔，可他竟给杨树山充老子，杨树山不禁火往上撞。可一听刘三儿这后半句话，他又呼啦想起，原只当除了尹淑芬村里各户都到了人，经刘三儿一提才想起饭桌上还少了他。杨树山就压了火说："全村好几十户，我按门儿请也请不过来，这不都是老马在大喇叭里吆唤的，人来了又乱哄哄的……"

刘三儿一伸手差点戳到了杨树山的脑门子："杨——树山，你甭给我打马虎眼了……你……你就是没拿老子当人……今、今儿个你给老子说清楚！"

杨树山再忍不住，一伸手啪地给了刘三儿一个嘴巴子，指了他骂道："说你个头，我就是不请你，有东西喂狗也不填塞你个少调失教的牲口！"

刘三儿让杨树山一巴掌打出好几步，捂了脸龇着牙号叫："你爷爷的杨树山，你敢打我——我……我一把火把你的狗窝给你燎它！"

杨树山怒道："你给我滚，要不把你送派出所去！"

刘三儿往前一挺身："派出所谁怕呀，那是咱姥姥家——老子是贫下中农穷光蛋一个，你这地主老财可得加点小心，惹恼了老子把你收拾了……"说着就从后腰抽出一根大拇指粗二尺来长的铁棍子，冲杨树山脑袋比画着，"老子是铁筷子帮三当家的——我们铁筷子帮就是专吃大户的！"

杨树山又惊又怒，却又不禁气虚起来，指指外边说："三儿，看你今儿没少喝我不跟你一般见识，有账咱们明儿个算……"

刘三儿见杨树山软了，越发来劲儿，几步窜过去坐在房前阅台的台阶上，拿铁棍子敲着花墙叫号："走？没那么容易，今儿我就住这了！"

这才是烧香引出鬼来，倒回十年杨树山哪容得人家上门欺负，早上去把刘三儿暴揍一顿了，可现在他杨家开着厂子存着钱，又要买宅院又要盖小楼，称得上大家大业，跟这啃脑袋硬啃屁股腺的刘三儿不光闹不出个甜酸，还得沾身腥，这叫穿鞋的惹不起光脚的，再说他说的那个什么铁筷子帮即便不信也不能不防，穷怕亲戚富怕贼。杨树山不禁往门外望望，盼着外边能进来个人帮他解解围。可大门外黑茫茫的，找不见一个人影儿。

见杨树山麻了爪儿，刘三儿舞摆得更欢了，一铁棍子扫掉了花花世界墙上的花盆，又一脚踢倒了花墙。杨树山脑门子火苗噌地窜起三尺高，肺都要气炸了，禁不住伸手抄起了一块砖头。刘三儿还是说话激他，杨树山举着砖头正打不是扔不是，多亏艳红颤声叫着跑出来。

艳红好话哄着又塞给刘三儿一张票子。刘三儿接了不缩手，直到艳红又递交过一张，他这才把两张大票抖抖又对亮照照，揣进怀里，对艳红嘻嘻笑着说："还是小老姊疼我，我今儿喝多了，你可别笑话。"说着刘三儿把铁棍儿插进腰里，走下台阶还舌头挺利落地给杨树山赔不是，说："大叔明儿我来帮你垒墙，往后有事告诉你侄子一声，你该买宝宅买宝宅该盖小楼盖小楼，谁敢找麻烦咱铁筷子帮往死整他！"

刘三儿得意扬扬哼着"妹子你坐炕头，哥哥我往上凑"大摇大摆走出去。艳红随跟着关大门，不想到大门口往外一望吓得她又差点儿叫出声儿来——大门外黑乎乎也不知聚了多少人。

回屋艳红就哭了起来，杨树山却仍站在当院木然地一动不动。

好久，杨树山忽地冷笑一声——他有钱才会惹人眼红的，村里几十户人家单眼红他，这证明他杨树山能耐。哼，等把朱家宅院买到手，把小楼盖起来，把发家培养成大贵人，那会儿你们再瞧瞧，我们老杨家不光有钱，还尽出能人！

忽地，杨树山想起了刘三的话——"宝宅"。看风水的事杨树山没张扬，朱家宅子是有风水一说他更是严格保密，连马主任都没透风儿，刘三儿是打哪听说的？

夜长梦多，得赶紧把朱家宅院买下来。

杨树山没想到全村人都知道了朱家的宅院是宝宅。杨树山更没想到，村里头跳出个跟他争宝宅的人。

那个人就是村主任马保忠。

这晚当杨树山终于在马主任的姘头张凤荣家里找到马主任时，屋里除了马保忠外还有朱向钱、王老师跟张凤荣的男人张显山。

一见出其不意找来的杨树山，马主任忙把一张纸塞到屁股底下，朱向钱手中的一张纸却还大马金刀捏着呢。杨树山一把抢过一看，是买卖房契，跟那晚在他家写的差不了几个字，只是买房人由"杨树山"变成了"马保忠"，卖房款也由"八千"涨到了"一万六"。杨树山气得直喘粗气，说："马保忠你行，你真行！"

"这个这个，树山你也甭多心，"马主任夹着烟呶着头，"向钱说房院你不买了，就撺掇我留下……我那两处院本打算一个小子一处，可这会儿生活提高了，两个小子有住处，我们老两口也得有个窝趴呀，这身汗早晚也脱不了出……原来也是说说，钱不凑手，正好今儿后响他姨夫送来八千，我又借了点，向钱也是急着用钱……"

杨树山冷笑一声，仍说句："行，你真行！"说着忽地咔咔两把把手中房契撕稀碎。

马主任闻声抬头一看，不禁挺起身急道："咳咳树山，你咋给撕了！你看你……"

杨树山瞪着他："我撕了，你咋着？"

马主任红脸转紫，变了腔说："你这可有点霸道了吧，撕了我们的合同，这可犯王法呀！"杨树山说："啥狗合同，我还有合同呢！"

马主任瞪瞪眼，却又摆手说："行行行，撕就撕吧。"说着从屁股底下拿出那张纸，"向钱，咱俩先把这张签了字儿，待会儿让王老师再给写一张吧！"

朱向钱看看杨树山，不慌不忙地接过，却又被杨树山一把夺过去撕了。马主任腾地跳下地，阴了脸沉了声眯了眼骂道："杨树山，你看有几个钱把你烧作的，给脸不知耻，连你妈姓啥都忘了！——你想咋着？"

看着平常让他养熟了喂乖了驯驯服服家狗差不多的马主任，一翻脸变成了红眼睛野狗咬起他来了，杨树山恨得牙根儿都痒，真想上去给他几个嘴巴子。可他咬咬牙压下了火药味，蛮横说道："不，房院，我买得先！——朱向钱，我掏两万，你卖谁？"

朱向钱眼里放光："管他是谁，谁掏钱多我卖谁！"

"好，那走，咱俩打合同去！"

朱向钱下地就蹬鞋，马主任怒喝一声："朱向钱你敢给我走！——你叫什么人性？狗叫猫叫你也跟着去？"

朱向钱一脚鞋里一脚鞋外嚷嚷道："咳，我的房院，谁给钱多我卖给谁，你凭啥不叫我卖？"

马主任说："凭啥？这好几个人在这白靠一晚上呀？我借那些钱你给掏利息呀？"

杨树山梗着脖子横问："你想咋着？"

马主任喷着唾沫星子叫号："咋着？包赔我损失！"

"咳，你说你们俩老爷们儿咋学开了鸡掐架？"张显山媳妇笑着凑上前拍下马主任又招一下杨树山，"人家说你们俩好得连媳妇儿都能换，还有啥解不开的疙瘩值得这么叫唤？消消气儿，我给你们弄个菜热两盅酒，清醒清醒再说，不行今儿个你们就住这说一宿！"说着又对马主任挤眉又给杨树山弄眼。

一直在一旁不好搭腔的王老师、张显山也乘机上前劝和。马主任就说："本来也没啥事儿，让他进屋这两下子把我给闹晕头了。树山，你没少喝吧？"

杨树山冷着脸说："我滴酒没沾，还差点让你给蒙唬了呢，要再喝点酒就生让你给卖了！"

马主任打岔说："今儿咱啥都甭说了，天也这晌了，咱明儿再嚷嚷！"

杨树山也不言声，一把薅了朱向钱就往外走。马主任紧跟着追出来，到大门口喝唬朱向钱："朱向钱，我可告诉你，你那房院没村里同意不准你卖！"

朱向钱不禁站住脚，回头问："凭啥不让卖？"

马主任说："你这房院引起争论了，要卖必须经过村政府，要不出现一切后果得你朱向钱担当，朱向钱你可照量着！"

"哎哟，你撒开吧，我又跑不了！"走出老远朱向钱兴奋地叫起来，杨树山这才松开了手。

到了杨家大门口朱向钱却站住了脚，拿拿捏捏说天晚了明儿再说吧，杨树山一把把他推进了院里。

见东屋有亮，朱向钱撩帘进去，只见杨家小媳妇正倒在床上嗑着瓜子儿看彩电，一双小巧的光脚和半截白生生小腿直蹬进朱向钱的眼里。艳红见朱向钱在门口，也不藏掖，只是皱皱眉，看着电视说声"来了？"

"来了，来了，大……"朱向钱忙不迭应着，接下去却不知是该叫大嫂还是大妹子了，只得说声"大——大彩电就是字发亮！"

这时杨树山就吆喝他上那屋去，朱向钱狠命盯了那只白白净净小小巧巧的脚丫一眼，方才咽着唾沫到了西屋。

过那屋朱向钱就说："房院我从心里说还是愿意卖给你，可马主任那狗东西……"

"废话甭说了，你这就在房契上签字，明个给你过钱！"

朱向钱一副为难的样子："娘的这事儿不大好闹了，你没听狗东西马主任……"

"你少提他！"杨树山一百个不耐烦，"六月六不管个节，他说那个管屁！"

朱向钱一个劲儿摇头："你有钱，管他叫孙子他都应，我可不行，往后要个救济钱、救济粮啥的还得求着他呢，得罪了再叫爷爷都不灵了。"

杨树山说："卖了房子有了钱，还用他干啥！"

朱向钱哑了声，挠挠耳朵又找出理儿来："卖了房院我不得盖房子么？批房基没他狗东西盖戳子不也白搭么？"

杨树山说："甭用他，你啥时批房基跟我说一声，我叫侯镇长直接给你批！"

朱向钱摇头说："你跟镇长有交情，我跟他八竿子够不着，这事儿我得寻思寻思！"说着瞅空起身就走，杨树山追出，他已逃也似的颠出了大门。

朱向钱庆幸杨树山早到了张家一步，他的宝贝宅院差一点就便宜了马主任那狗东西。朱向钱原本舍不得卖他的宅院了，可当马主任把价钱涨到一万六时，朱向钱再也说不出一个不字——都说这会儿钱不值钱，可一万六在朱向钱眼里还是多得了不得的一堆钱。他的房院说是宝宅，能出贵人，可要真出贵人也是二三十年以后的事，这二三十年当中他还得照旧受穷受苦让人看不起。要是卖了房院，眨眼之间他就会变成个有钱人，这社会儿有钱才光荣，有钱才吃得开，有钱才受人敬，杨树山要没钱不也跟他朱向钱一样狗屁不是！再说二三十年以后啥样谁知道，到那会儿小子真的做了贵人自个儿也六七十了，吃不动喝不动了，万一小子不孝顺就更是狗咬尿脬白欢喜一场了，倒不如眼下实打实过些年好日子。再说都说自家宅院是宝宅，可谁又敢打保票准能出贵人呢？只当一万六是顶破天的价了，不想今晚上杨树山又出口就给两万。搁一个月前朱向钱巴不得今儿晚上就写文书按手印儿点钱，可现在他不光找个借口从杨家跑了出来，而且他打定主意就算明天杨树山来求他，他也不能吐口——他的房院是不是风水宝宅暂时且不论，反正是热门儿抢手，有钱的也争有权的也争，他们越争他朱向钱就越占便宜。今儿晚上杨树山认给两万，明儿马主任就许涨到两万五——两万五也不能卖，没三万块谁也甭想占他朱家的便宜……

躺在炕上朱向钱从里到外发着烧，眼前老晃着杨树山小媳妇那双白净净的小脚。还是得有钱呀，有钱啥德行的也能人五人六耀武扬威。等他朱向钱三万块钱到了手……

朱向钱坐在富贵堂皇的宽房大屋里，捏着小酒盅，就着满桌菜，旁边还陪着个粉头挂色儿的娘们儿，朱向钱咂口酒，吃口菜，又搬过小娘们儿照脸蛋要啃，可一见那面目却挺熟悉，细看却是尹淑芬，朱向钱不禁发起臊来……

第二天，马主任是吃了头饭来的，马主任除了又强调说没村同意房院不能卖外，又说村里群众对杨树山有满脸的意见，又说杨树山的钱打好道上来的少，工商税务那头儿少交了老鼻子的钱，又说杨树山往镇里头头家成千上万地送礼行贿，又说杨树山要大钱娶二房胡作乱闹，进不了大牢早晚也得摊官司，要把房子卖给他，出事时那钱叫赃款这房院叫遍地开花物，都得充公，你朱向钱啥都落不着还得受牵连……

朱向钱不信马主任的鬼话，可还是让马主任说得禁不住有些发毛。他脸上做着不在乎模样，心说狗东西你哨出天花来，没三万也甭想把老子的房院转转走。

杨树山来时朱向钱刚端起碗。杨树山要干巴脆两万块今儿个就把房院买过去，朱向钱脑袋摇得拨浪鼓似的，说马主任刚出去，他认给三万。杨树山说姓马的没那个腰子，朱向钱说人家也是现钱点。杨树山瞪了朱向钱半晌，末了咬牙说："我就给你三万。"

吃了饭，朱向钱鼓着胸，仰着脸，打着饱嗝，迈着四方步，走出没门的大门，好像三万块已经揣在怀里了。穷汉子拣个金元宝，朱向钱急着要向人显摆夸耀。不过眼下他想把喜讯最先告诉小西沟门那个女人。

快到西沟门时见那边一个男人扛一副新犁往杨家老院走去。朱向钱警惕细看，是尹淑芬的老兄弟尹双贵，这才松了口气。老尹家前边生了仨闺女，紧后边落了双贵这一个。双贵是比他大差不多二十岁的大姐尹淑芬从小带大的，大姐赶上他半个娘，双贵对大姐也最贴乎。朱向钱觉着有人他跟尹淑芬不好说话，便挺遗憾地转身往碾坊拐去。

碾坊前好在有一帮子人，朱向钱背了手踱过去，可今儿个却没人理他，大伙没见着他似的自顾自嚷嚷。半天朱向钱主动搭讪，大伙仍是不冷不热的。朱向钱肚里骂着都有红眼病，要走却又被林狗子吆喝住，让朱向钱还他赌债，一时不容地逼着要。朱向钱还是又说一气好话央求，林狗子不干，提出把朱家房院顶给他。朱向钱说："你做梦哪，拿三万五来给你？"林狗子骂他想赖账，揪住朱向钱的袄领子要揍他。朱向钱说："今儿你敢动一下我上你家养半年伤去，反正我们家也没吃的了。"林狗子却停了手，发恨要告朱向钱去。朱向钱跳着脚让他告去，说："私凭文书官凭印，你那账老子还就不认了！"旁边有人看眼不怕大，鼓励说："老林你告去吧，我给你作证，朱老耗子输钱我亲眼见的！"

朱向钱本想出去显摆显摆，不想倒遭了磕创，这才是乐颠颠出门，气鼓鼓回家。进门见领弟又坐在窗根儿底下看书，就骂她："那么大丫头不知找活干，不让老子养你一辈子么！"骂着上前又要撕她的书，吓得领弟把书背到身后倒着脚流着泪跑出去。朱向前还不解气，又一脚把半个破瓦盆踢到破墙上，不料连破鞋也一块踢出去。

进屋骂阵子林狗子不是人，又骂村里没一个是人的。骂一顿子肚也空了，嘴也乏了，朱向钱拿过酒壶，里边只倒出个小黑虫。朱向钱吆喝了两声领弟没人应，就骂骂咧咧掐了酒壶去打酒。到了刘家小铺门口，朱向钱又有点打怵，怕人家不赊闹一鼻子灰。正在要进没进，"铁公鸡"已迎出门来。进去见朱向钱拿着酒壶，铁公鸡建议说："来啤的吧。"朱向钱就可身上摸抠，嘟嘟囔囔说钱哪去了。铁公鸡大方地说："先拿着下回一块儿算吧。"一听这话朱向钱来了精神。

挎了一筐好吃喝，朱向钱走出老远才合上嘴，合上嘴他也纳过闷儿来——不是看他要发大财了，铁公鸡哪会主动把东西赊给他？

等老子三万块到手，先到大街上足足实实摆一桌子，馋死那些眼馋的，气死那些眼气的！

朱向钱挎了筐气昂昂往家走。

回家朱向钱啤酒罐头香肠地猛吃猛喝，不一会儿肚子饱胀，眼前也模糊起来。

一觉醒来，天已过半晌，领弟也已点了灶火。见丫头蹲在灶坑前又吹又扒拉，她捡回的那抱破秸烂草还是酿烟咕咚不起火，朱向钱不禁心疼起来，叫丫头上屋先把罐头火腿肠吃了去。领弟摇头，脸上又是灶黑又是泪水说："我不吃，爹你别撕我书就行。"说着声儿低得听不见了。

朱向钱心里发酸，和声说："等明儿个卖了房子有了钱，爹还让你去念书，也供你个大学生。"

"真的？"领弟欢叫一声，仰了泪脸两眼放光地望着爹。

朱向钱还要说啥，却被灶里酿出的生烟呛得咳了起来。正咳着，忽听外边有人怪叫道："朱老耗子，快把我家的房院给我腾出来！"

朱向钱跟刘三儿吵吵嚷嚷去找村主任，到半道正碰上马主任。朱向钱见了亲人一般说刘三儿逼着给腾房子，让村里给他做主。马主任本不耐烦，可一听房子的事立时住了脚。刘三儿就说朱家房院是分的他爷爷的财产，该给他落实政策了。马主任训他说："你想变天呀？朱家的房院原来是姓过刘，可后来让共产党分了，甭说小三儿你了，你爷爷刘老财活过来他也不敢往回要哇！"刘三儿就说："改革开放了，地主老财早摘帽儿平反恢复名誉了，我家的东西凭啥不还我们？"马主任说："你爷爷摘帽儿那是他改造得好，戴帽儿进棺材的多了！可你爷爷虽说摘了帽儿，过去那些房子地官话叫剥削压迫来的，分就分了，没有归还那一说！"

见这事儿闹不出个甜酸儿，刘三儿又要包木材加工厂。刘三儿说："要不就让朱向钱给我腾房子，要不就让杨树山给我腾厂子，再不你把村主任让给我当当也能将就。"马主任要发火，转转眼珠却又对着围了一大圈的人群摊摊手，叹口气说："杨树山包那厂子我也有意见，依我早开大会公开竞争了，可镇里不同意，我是胳膊拧不过大腿呀！"有人说有钱能使鬼推磨，杨树山早把镇里人都买通好了。朱向钱忍不住也说："马主任，你不也是让杨树山使唤得跟个……""狗"字没出口朱向钱见村主任冲他瞪眼，这才想起今儿是来求马主任做主的，早骂晚骂这当口不能骂。马主任又说："我这村主任就是个牌位，吃凉不管酸，三儿你要真有种就去老杨家——镇长来了，你找大官说理去。"

那刘三见围了一街筒子人，大伙又都亮着眼看他，越发上来了彪劲，说："摸电棍我都不怵我怕谁！"又冲大伙捏个响指叫号说，"是我人的跟我走，打土豪分田地去！"

大伙呼啦就跟刘三儿往杨家去，可走不远就有人慢下脚步退在后边，再走几步又有人悄悄岔到一旁去。朱向钱犹犹豫豫往前跟了几步，正不知该不该跟去，后头马主任沉声喝住他，问他知不知镇长干啥来了。朱向钱眨巴眨巴眼问："干啥来了？不准是给我送救济款来了吧？"

马主任阴沉着脸冷哼一声："半夜娶媳妇儿——你甭做美梦了！告诉你，侯镇长是来压服你的！"

"压服我？压服我啥？"

"你大头脑袋！你来，我给你支支着儿……"说着马主任招招手领了朱向钱钻小胡同，进了张家院。

杨树山下镇请来了侯镇长，打算着喝完酒吃完饭找来朱向钱，侯镇长一做工作，快刀斩乱麻把房院手续做了，再让跟镇长一块儿来的镇司法所的胡所长给做个公证，马保忠醒过神儿，这风水宝宅已经姓杨了。可是几个人才端起盅，外边刘三就领着人闹事来了。幸亏侯镇长水平不低，又带着司法所长，司法所长又带着手铐电棍，没费大劲儿就把大伙压服下去了，剩下刘三儿一个孤掌难鸣，又慑怕电棍，便也服软而去。

　　吃喝完了，却哪也找不到朱向钱了。杨树山找到天黑，好不易把朱向钱淘弄来了，没等向领导介绍，侯镇长就说"认识，他比你去得勤"，又问了两句生活，镇长就把话题转到房院上来。侯镇长说："听说你要卖房院，这招儿对路，现在国有大企业都是卖的卖，兼并的兼并，开放才能搞活么。——老杨你也要把价给高点，也算先富帮后富——你打算给多少钱呀？……不少不少，两万不少，不过今天我来了你还得再加两千，就算我对你强迫命令吧。"侯镇长又问胡所长现在个人收入调节税多少钱来着，胡所长说是百分之二十。镇长说："按规定你两甩二你就得交四千四，因为你是贫困户，回去我找税务所争取给你免了。"见朱向钱只点头不说话，侯镇长又问胡所长两万往上收多少税，胡所长说那就得百分之五十，侯镇长说也就是说一万块要交国家一半儿。

　　朱向钱总算开了口。他先对侯镇长几位领导好一通感谢，然后吭吭哧哧说："我也是忒穷……这会儿要买房子的也不是一户两户，马主任认给三万五，他还……"

　　侯镇长打断朱向钱的话，严肃地说："卖房院完全是你个人的事，别人无权干涉，马主任的法制观念不强，政策观念淡薄，工作被动，群众意见很大，镇里准备近期对村班子进行……"

　　话才说到这，外屋门一响，随着一声"侯镇长还没歇着吧？"马主任撩帘儿进了屋。

　　屋里人都挺意外，侯镇长就及时掐断了话头儿。马主任见朱向钱在这倒没显意外，他把提溜的一个布袋子放下跟镇长说："我怕你们明早走得早不赶趟，就先把东西提来了，这是榛子、蘑菇还有点儿山木耳……"

"哎，老马你这是干什么？"侯镇长扶扶眼镜，板着脸，一副防腐拒贿形象。

马主任不慌不忙："你上县勤，我想让你受点累，把这点东西给永林捎去……"

"永林？哪个永林？"侯镇长又一次意外。

"陈永林——头两天春梅来信我才知道永林调咱县来了，不是种地我就上县找他给弄钱去了。——这不向钱也在这，他这房院本来是树山要买来着，后来他那就脱落了，向钱又求着让我买……我本来也没心思，可架不住他缠巴，我又俩小子早晚还得盖一处，一分为二说也算救了向钱的急了，价高点就算帮扶他了，咱水平不高，好歹也顶着村干部这个牌位儿呢。说得容易，这一掏钱可抓瞎了，东挪西借，这才凑得八九不离十。——哎，向钱，明儿咱就做手续吧……"

"你说的陈永林是咱县委新调来的陈副书记不？"侯镇长打断马主任的话微抽着头问。

"对对，他是春梅的亲大伯子——春梅是我亲丫头！"马主任使劲点着头说。

"呵，行啊老马，这回你就等着亲家儿提拔你吧——这陈书记是候着韩县长的班的！"胡所长满脸羡慕。

马主任谦虚地说："咱要有那水平侯镇长早提拔我了，还用等他！"说着又正经八百说，"我家里还有榛子蘑菇，你们谁要明儿个早上再去拿上点儿，我要给你们送来让大伙看见好像我这要行贿送礼搞不正之风似的！"

话才说到这，侯镇长忽然手捂胸口变了脸色，几个人赶紧上前问咋了，胡所长说准是犯胃病了。杨树山说我这有药，忙着去找，侯镇长却一脸痛苦说不管事，又呻吟着对一边要去倒水的王司机说要回镇。杨树山急着拦挡说我这有药，胡所长说侯镇长胃病挺厉害，今儿又喝了不少，得赶紧上医院。马主任关切地说那赶紧走，东西改天再捎吧。几个人搀着镇长出去，车发动着了胡所长又跑回来拿了马主任那个布袋，说镇长叫捎上。

乱哄哄送走了镇里那帮儿，杨树山急忙回屋，却已不见了朱向钱。

杨树山堆在沙发上，正为事儿没办成倒搭了顿酒饭垂头丧气，艳红又磨磨叨叨说为那个破地方折折腾腾糟践钱行，给她多买两件衣服倒抠抠搜搜。杨树山火气格外大，骂句你少他妈麻烦我。

看来光有钱不行，还得有权，这会儿要兴捐官，哪怕花上三万四万他也要买一个。老话说得不假，大小是个官，强似卖水烟，那侯镇长平常他没少填送，这回也满应满许买房子的事就搁在他身上，可一听马保忠有亲戚在县里立时就成了缩脖子龟。

狗东西马保忠你甭较劲，不用侯镇长我照样把房院买过来！杨树山肚里骂着，忽地站起来，揣上三万块钱就去找朱向钱。

三

朱向钱的宅院涨到了五万。

马主任恼了："往后就留着你的宝贝宅院过好日子吧，甭指着村里镇里再照顾你！"

杨树山火了："我就看看除了我，谁能给得了你三个整！"

朱向钱不急不慌，他是小寡妇养孩子肚里有底儿——杨树山要买他的宅院，马主任要买他的宅院，连刘三儿林狗子都惦记上了他的宅院，这证明他的宅院实实靠靠占着了风水宝地，谁占着它将来谁家出贵人那已是铁板钉钉的了。朱向钱实实在在舍不得卖他的宅院了——要卖也得卖个好价，当真有人肯给五万也是可以考虑的。

前程灿烂光明，道路却是坑坑洼洼，朱向前眼下又面临着一道迈不过去的坎——金库要一百二十块的勤工俭学费。

吃的喝的这一阵子在刘家小铺没少赊，朱向钱原本要向铁公鸡张嘴再赊点钱，可昨儿个一去小铺没等他张嘴借钱铁公鸡倒先开口朝他要上账了。朱向钱还不在乎，说明儿个准还，明儿个要顾不上后儿个保证还。铁公鸡却变了脸，说忙着要进货，要交税，一副黄世仁模样，逼着朱向钱立马交钱。朱向钱也恼了，说是你自愿赊我的，是你说啥时给钱都行，要不我还不赊呢。铁公鸡又变成了杨白劳，苦着脸诉说了开铺子的一大堆苦处，求朱向钱别坑了他。朱向钱就又保证，说过不几天一准还，还给你加点利儿。铁公鸡说我不求着加利儿，你上点心尽早把本给归上我就烧高香了。打刘家小铺出来，朱向钱寻思准是这家伙听说他不卖房院有些急眼了。

朱向钱正犯愁，镇里胡所长带个跟班的骑摩托来了，说他欠债不还让林狗子给告下了。朱向钱就紧着说好的，说不是不还，这两天实在是不方便，等过几天不还情愿受罚。胡所长说还啥还，那是赌债，是不受法律保护的。朱向钱喜出望外，说别这么说，有钱我就还给他。胡所长话头一转说还不还司法所不管，可罚款你得交。朱向钱一听就蒙了，问交啥罚款，没等胡所答话，那个跟班的就甩着手铐子拧着眉教育朱向钱，说你们赌博还不罚款么？按说应该按十五倍加罚，看你困难，按十倍罚你七千。朱向钱眼睛就蓝了，半晌才说那玩的又不是我一个儿。胡所长说那你揭发吧，揭出一个免你二百。朱向钱一算计得罪一个人才少二百，不合算，就咬林狗子。胡所长说他首先举报有功，不奖不罚。朱向钱就说好的，冲天起誓说再摸一下牌边我是龟孙子，我剁手指头，又要去找马主任求情。胡所长说你找县长也不灵，这是法律，法律面前人人平等，限你三天交齐罚款，你没牲口没车，就拿房院抵押吧——三天交不齐罚款，房院就充公。又逼着朱向钱在抵押书上签字，朱向钱不肯，那跟班的就咔咔甩着手铐要带人，把领弟吓得直哭。胡所长说："你这案子罚款还是轻的，要报上级去不光得罚，还得判你个一两年，这又快严打了，啥事就怕赶到点儿上——这不还给你留着三天时间么，想想办法吧！"

胡所长他们走后，朱向钱骂了阵子林狗子，叹了阵子倒霉，心想甭说三天，就是十天半月一年两载他也没处淘弄那七千块去，真要等到房院被镇里收了去，那还不如趁早把它卖了呢！想到这朱向钱眼前一层窗户纸忽地刮破——怪不得镇里来人又要罚款又要没收房院呢，这不明摆着是逼他卖房么？这不明摆着是有人算计他么？

骂了阵子杨树山，他又怀疑起马主任；骂了阵子马保忠，他又觉着杨树山嫌疑大……就这样朱向钱把杨家马家祖宗八辈儿厥了个六透，还是拿不准使坏的到底是杨树山还是马主任。最后朱向钱认定反正是这两个做的怪，杨树山、马主任没一个是人做的。朱向钱点指着那两家方向咬牙叫骂："老子死也不卖了，让你们白费劲！"

可气过骂过，朱向钱还是做着笑脸去找杨树山。朱向钱说好歹咱哥们光腚一块长大，我宁肯愿三万块把房院给你，也不要狗东西马主任的四万块脏钱。杨树山闷着脸说超过两万他不要。从杨家出来朱向钱骂过了杨树山又骂自个儿，那晚杨树山揣了三万块送上门儿来生让他又给挡回去了。朱向钱又到了老马家，朱向钱说村主任你没照顾我，我朱向钱人穷不能管钱叫爹，那房院杨树山认给三万，你要我情愿少要两千。马主任慢吞吞说："你那房院我是真心想买，可我掏不出那么多银子，再说你也是多掐一分是一分，有高价的你还是先紧着别人吧。"

着急上火，朱向钱犯了牙痛，夜里睡不着又听见领弟梦中咬牙。丫头咬牙，咒爹咒娘，朱向钱更添了烦乱，骂一声，起来满院子走溜转磨磨，捂着腮帮子望着天上的星星，他想那些星星要是金子该多好，要是能掉下一箩筐该多好，要是金子正巧掉到他家院子里该多好……这么胡思乱想着朱向钱呼啦想起了刘三的话——刘三儿说这院里埋着金银财宝大洋钱呢！

当时只当刘三儿是胡说呢，可这会儿细想想这事儿也不是一点影儿没有，那老刘家早先是财主，攒下些金银财宝大洋钱怕贼偷怕匪抢怕共产党来了打土豪斗地主分家产，可不就得埋起来呗，刘三儿是刘老财的亲孙子，没准儿他爷爷给他撂下了话儿，头年听说梁后老张家拆房子还在山墙里拆出了不少洋钱呢……

这么寻思着朱向钱连牙痛都忘了，回屋就去找来锨镐，虽然听说土改时这宅院搜过查过还刨过，可哪就找得那么到，再说没刨出东西就证明东西还埋在地下，再说眼下除了这条路朱向钱也实在没别的辙可想。

可是拿了铁镐朱向钱却不知如何下手。院子有一亩多地，金银财宝又不能埋在地浮皮儿，要没个重点地挖刮刨，怕是没刨一遍呢房院就让司法所给收去了。朱向钱琢磨一会儿，觉着大面地方当年肯定都搜过了，重点得在边边溜溜旮旮旯旯下功夫。朱向钱就拿镐头到房后屋角刨了两下，觉着黑更半夜动静太大，万一让人知道了会招来麻烦。朱向钱就换了锨，一下一下地挖起来，挖了有三尺来深，累出了一身汗，却是一无所获。他又换了墙旮旯，又挖了三尺多深，累得老牛一样喘粗气，只说再挖一锨还换地方，不想这最后一锨挖下去，却咔嚓一声挖到了石头上。朱向钱再挖几锨，石头还不小，他蹲下去用手摸摸，像是块石板。朱向钱的心就咚咚跳起来，身上不知哪来的劲，一锨紧挨一锨铲起土来。

铲光了土，再摸，那还真是块石板，得有大盆口大小。朱向钱小跑着去前边拿来镐头，急切而又小心地撬动石板。石板活动了，朱向钱先屏住气支了耳朵细听一阵，没发现什么异常动静，他这才开始把石板撬起来。

掀起石板，朱向钱两手打战地往石板底下摸去……

没有缸，没有坛，也没的罐儿，除了凉凉的潮，朱向钱只摸到了几块大小不等石头般的硬物。

朱向钱打着打火机，细细照照，又细细擦擦泥，再照，那几块硬玩意儿仍然只是几块石头。朱向钱不甘心，拿锨又是猛挖一阵，可除了又挖出两块石头，他没找到一星儿值钱的东西。朱向钱一下子泄气了，撇了锨，抱头蹲坐在坑里不想出来，倒是槽牙又火燎地疼起来。

夜晚想了千条路，早上起来卖豆腐。第二天没别的指望，朱向钱还得在地底下那看不见影的金银财宝身上打主意。前边没个大门，白天太招眼，朱向钱就专挖房后。昨黑夜干猛了，身上挺乏，朱向钱吃了三片镇痛片，把房后又挖得没囫囵地方，可连个清钱也没见着。

眼见天又过半晌了，朱向钱慌急起来，把领弟撵出去，关了屋门，又挪破缸又挪破柜，又把西屋地下刨了两个坑。这回没算白受累，挖出了一窝小耗子，还有两捧金黄的棒粒儿。朱向钱骂怨不得我受穷呢，闹半天白养着你们这些畜生呢。骂着把那窝倒霉的小耗子砍得没一个再能做贼的，朱向钱也没心思收拾那捧棒粒儿，又到了东屋。东屋原来是朱向钱爹娘住着，两个老人过世后屋子空了好几年，也没啥东西，朱向钱又在旮旯挖了起来。这回却连个耗子也没挖着。

老人们说金银财宝都是灵性物，在地下待久了会自个儿长腿，莫非这房院的财宝都已逃走了？可这地场是个风水宝宅呀，按理值钱的东西都该往这院跑，可为啥就找不着呢……朱向钱手拄着挖锨，望着土炕上那个坍塌的大洞出起神儿来……

渐渐地，那个黑咕隆咚的炕洞放出了金光，朱向钱眼里也放出了金光。

朱向钱上了炕，高高地抬起了镐头……

第二天，不到晌午村里就传嚷个遍，说朱家的宅院真是宝宅，宝宅里刨出了一大堆金银财宝大洋钱，还有一窝金耗子，朱老耗子已起大早背了一大口袋宝贝下了镇……

一大帮子人拥到老朱家，平常连个猫狗都不来的破烂宅院里就比唱大戏还热闹。人们在房后、屋角、东炕洞子里找到了十好几个大坑，大伙说这些个坑得起出来多少宝贝来呀！人们咂嘴吧嗒舌，说这院子怕是把村里的风水都收来了，怨不得咱大伙老是脱不了贫致不了富呢！大伙是万分眼羡，后来就愤愤不平，说这房院收了全村的风水，有了这么多好处该大伙平分，不能让老耗子一家独占了。朱家领弟没见过这阵势，吓得缩在炕旮旯怯怯地望着眼睛发红的那些人，觉得平常烂熟的一些面孔竟变得格外陌生。

林狗子抢先抄起了镐，牛大眼还拦挡，说咋也得等老耗子回来咱再说吧。林狗子说你们站着说话不腰疼，他该我七八百呢！说着就刨开了。他这带头不要紧，大伙就嗡地也动了手。近便的就跑回去拿来家什，离得远的就跑马占圈先抢地牌儿，有的全家全出动，有的老少齐上阵。院里屋地下占满了，有人就抢镐上了朱家的西屋炕。领弟被撵得没了地方，抢着她的书哭着跑到了当街去。

马主任赶来时，老朱家已经地覆天翻旧貌换新颜了。马主任急得高叫，说这房院现在有争议，镇里命令收归村管，谁也不准再挖了，再挖就是犯王法，再挖就是挖社会主义墙脚，破坏改革开放……可是任马主任喊哑了嗓子跺肿了脚，人们仍然疯了一般忙活自个儿的。马主任一急就去找刘三儿，可刘三儿又下镇鬼混去了。马主任火上房搬派个实靠人去给镇上送信，自个儿又往朱家跑。

老朱家这边又有不少老幼病残也扛着家什颤巍巍喘吁吁赶来加入会战，有几家子为争地牌吵嚷了起来，吵着吵着还要动家伙，精灵人不言不语顾不得擦擦汗喘口气，只一门儿地挖挖挖刨刨刨……

"快躲了，墙……"那边牛大眼刚刚惊叫出半声来，南边破墙已哗啦一声堆倒下去，坑里的林狗子闻声刚爬出半个身子，石头就已砸下来，热火朝天寻财找宝的朱家宅院里就响起了一声惨叫。

傍晚村里又传开消息，说闹半天朱老耗子没得着金银财宝，只挖出了几张地契文书跟半小坛儿大烟干，朱老耗子到镇上去卖又让司法所给抓住了，罚款两万块，听说闹不好大烟就要判个无期徒刑。又庆幸自家没刨出什么大烟干，又笑那林狗子白砸折了一条腿……

杨树山骑摩托抢了先。待到马主任骑车子汗马流水地赶到黄旗镇，杨树山已替朱向钱交上了罚款，又做好了买房手续，又按上了司法所的大圆戳子算是公证——朱家的宅院已然姓了杨。

朱向钱摸黑回到了家，愣是那个家他已认不得了，破墙塌了，烂栅子倒了，院里屋里已满是深深的土坑和高高的土堆，连他家睡觉的炕也已被翻了个个儿，吓傻了似的领弟瞪大眼睛惊惧地望着惊呆了的朱向钱。

朱向钱的眼睛红了，他咬着牙，号骂一声，抄起镐头就要去拼命，可没跑出院他就掉进了多半人深的土坑里。

朱向钱就堆在坑子里头抱头哭号起来——拼命他都不知该找谁去，再说现在这所宅院已经不是他朱向钱的了！

朱向钱觉到了从未有过的悲哀。今天以前朱向钱很穷，院里没有一只鸡，腰里没有一分钱，可这所破烂房院却给他带来了无数美好的梦想——卖了房院，他就能盖新房娶新媳妇过好日子，不卖房院他就等着家里出贵人，过些年一样过好日子。可现在房院没了，他只在一张薄纸上歪歪斜斜地写上了"朱向钱"仨字儿又哆哆嗦嗦按上了血红的手指印，房院就成了人家的。朱向钱怀揣的卖房契上明明白白写着房价三万元，可杨树山替他交够了赌博贩毒罚款二万七，说剩下三千还要镇里派出所里法厅里打点，朱向前明着是三万卖了房院，却一个老钱没捞着，朱向钱哭着号着狠命捶着自个儿的脑瓜子拧着自个儿的肉，悔恨得真想把自个儿活埋了——可当时不签字按手印儿，又哪能过得了关呢？胡所长说交不上罚款这案子要报上去，他卖那些大烟干儿能值两颗枪子儿了……

老寡妇死了独生子，丢了房院的朱向钱啥指望也没了。

闲置的碾坊前又凑起了一大堆人。有人说老耗子这命真是黄芩拌黄连苦上加苦，往后连个趴的地方都没了；有人说谁叫先前他老嫌饽饽小来着，这会儿闹个鸡飞蛋打不也得认着；有人说背着八升的命你甭想求一斗，穷汉子拣个金元宝也得要弄丢了。说了阵子大伙又探讨朱家摊这倒霉事儿是不是有人做了扣儿，要真是有人使坏到底那人姓马还是姓杨，正定不了案，忽听一个人哭哭号号骂过来："爹呀，我对不起你呀，你给我留下的宝宅，我没看住哇！我不是人，整个一个龟孙子呀……杨树山、马保忠，你们没一个是人做的，你们比地主老财还歹毒哇！"

大伙一瞧，却是朱向钱掐着个酒瓶子边号边骂边唱地踉跄过来。牛大眼就跑上前要扶他，朱向钱却瞪着红眼睛僵着舌头指了众人骂："你们，你们都是婊子养的！你们没一个好玩意儿，我今儿个就……就跟你们豁了……"说着抡着酒瓶子龇牙咧嘴冲了过来……

四

尽管来是灌了好几盅酒，临阵朱向钱还是胆壮不起来，只觉杨家院墙太高，跳过去多半会摔断了腿。有了这个理由，朱向钱就满可以回去睡觉或到牌桌上去来几圈了，可撤退之前他又去推了推那扇关着的铁门。

铁门意外地开了一条缝儿，倒把朱向钱吓了一跳，幸亏没使劲，铁门才没出大动静。虽然朱向钱后悔不该贱手去推门，可门既是能够进去，再走就显他姓朱的太窝囊了，再说走了哪淘弄那两千块钱去？朱向钱一点儿一点儿开大了门缝，悄悄地潜入院中，除了楼口一间屋亮着，下边全是黑的。朱向钱挺麻溜地猫腰蹿过去，心里说着谁害怕谁孙子，就伸手试探着推门，不想屋门竟也随心如意地一点点挪开，行动顺利得叫朱向钱心发虚腿发软，怕这是杨树山预先摆下的阵阵儿。

杨树山在屋等着又能咋着，我这会儿光脚的不怕穿鞋的，我还怕啥？这原本就是我们老朱家的房院，生生让杨树山给霸占了，今儿喝几盅酒回来瞅瞅，他敢啃了我呀？这么寻思着，朱向钱又理直气壮起来，再推一下门就钻进了屋。进了屋朱向钱仍禁不住胆战心惊，他老朱家再穷没出过下三烂子，可今黑天要到人家里偷走两千块钱，这要犯了事丢了老辈子人不说，这回哪还会有人再为他交罚款呀……

把朱家宅院写到杨家名下后杨树山就动手盖楼。朱向钱拿没地方住当理，还想赖在那风水宝宅不肯走，以为杨树山不敢撵他到大街上支锅垒灶去。不想杨树山损招儿有的是，把他厂子里一间破房腾给朱向钱，说不去就要经司法。朱向钱一肚子冤屈拉不出理来，只好心不甘情不愿地离开了他打出生就没离开过的老房院。杨树山也真是有腰子，三两个月便在风水宝宅里气儿吹似的挺起了两层气气派派的小楼来。你说一样的人，过去老杨家比朱家还穷呢，住砬洞盖干草挎筐要饭，在生产队时亏钱最多，可这会儿人家杨树山小楼住着，小媳妇搂着，大把票子花着，他朱向钱却落得个穷精光，杨家小楼他就咋看咋碍眼。朱向钱逢人就说喝得紧死得快，甭看闹得欢，秋后拉清单；朱向钱就盼着政策快变，恢复集体归大堆儿，穷一块儿穷富一块儿富，谁也甭笑话谁，要不干脆再而三来场土改，也甭分钱分地，把老院归给他就知足了，来个杨家盖楼朱家住……可朱向钱没盼到土改政策变，却又盼到了上门讨债的。

金库放暑假前又不念了，朱向钱让的，一来没钱供，二来能养贵人的宝宅都扔了，左右脱不了受穷，倒不如早回来干点活儿。朱向钱打发儿子在加工厂钉纸夹板，明知是受杨树山剥削压迫，可除了杨树山那又再找不到能掐几块钱的地方，让那么点儿的孩子出去打工朱向钱又不放心不忍心。给杨树山干是干，朱向钱教育金库，甭给他掏心窝子干，混到工钱就行。前儿个支出了点工钱，朱向钱打了壶酒，见金库舔嘴咂舌挺馋的样儿，就给他也倒了盅儿，只说慢点喝别呛着，可话没说完金库一口把一盅酒干了。朱向钱又给他满一盅，爷儿俩碰了还没等喝，外边来了黄旗镇开饭店的于老板。

朱向钱不知哪的账，细问方知是金库在饭店赊了帐，小半年竟有三千八百多。当时朱向钱气得好悬没背过去，一句话说不出，扔了酒盅子狠扇金库。金库捂着脸鼻子冒血哭号说不是他赊的，是发家支使的。老板说我也是冲姓杨那孩子才敢赊的，可那孩子只认一半儿。朱向钱拉了金库要去对证，发家却已等在外边，说哪回都不是他领头吃的，哪回都是金库带头赊的。朱向钱只当饭店讹人呢，几个月吃也吃不了那么多，于老板说他们还没少赊东西呢。问赊东西干啥了，金库不言声，发家说打麻将输了……朱向钱恨不得一棍子把金库消灭了，金库又求饶又不服，说发家欠的赌债七八千呢。发家瞪眼说我的事不用你管，又不准他们告诉他娘，于老板说只要你把欠我的还了，别的我不管，要不我不光要找你家大人，还要告你们。发家半天认一个星期还钱，朱向钱看门外几个加工厂的工人来看热闹了，也插着胸脯子下了保证，说："杀人偿命，欠债还钱，冤有头债有主。谁叫金库馋贱手去吃去要来呢，谁叫这小牲口是我做的呢——我也一个星期还钱！"

当时那个台阶是下了，朱向钱却没处弄钱去。捎信叫领弟往回捎钱，领弟才去黄旗给人哄了不到一个月的孩子，那家人不赖，支给他一个月工钱。可一百二十块好干啥？朱向钱黑夜里又睡不着，就骂金库，骂着骂着又想打，可见他脸巴子还肿着，就缩回手去，又骂杨树山。这才是兔子没尾巴随窝，老杨家没一个有好良心的，杨树山拐去了他们朱家的宝宅，杨发家又把金库勾引坏了，莫非我们老朱家跟他们老杨家是几辈子的冤家？骂一阵子朱向钱又乐了——发家欠那么多钱谁还？不是还得他老子给他还，这才叫现世报呢，杨树山的家业早晚得让他小子给败家了。乐够了朱向钱又接着犯愁，大话说下了，胸脯拍下了，钱上哪闹去？要不还钱怕是人家就要告去。他倒不怕告，给拘起来还有个吃饭的地方呢，更省心，可金库这么点的孩子，要真画上点脏儿这辈子不就完了？把能保孩子当贵人的宅院给耍弄丢了本就万分对不起金库了，不能让他再受屈受罪！思来想去，根子都在杨树山那——没杨树山使坏他的风水宝宅丢不了，没杨树山做出的小牲口，他的金库也学不了坏……

楼上响了一下，吓得朱向钱起来就想跑，可再听又没了动静。朱向钱暗骂自个儿贼胆儿太小，一个小娘们儿怕她哪块儿？他后悔来时没有找块布，像电视剧里常教的那样把脸蒙上，那样就是让小娘们儿看见了也认不出是谁，还得吓她个半发昏。杨树山放着那么能干的尹淑芬不知足，愣给蹬了，想起来朱向钱又好生不平，觉得偷是教育杨树山，没抢他个狗东西就算便宜他！朱向钱觉得偷他杨树山不单为自个儿，也是为尹淑芬出气。这么想着朱向前好像已成了电视里那些杀富济贫的英雄好汉，不过他觉得自个儿比那些侠客剑客们更勇敢，因为他不会丁点儿武功，还体瘦力亏，身上又连把小刀都没带。

思想观念一理顺，朱向钱就要动真格的，可伸出胳膊他却又是狗抓刺猬不知打哪下手了。

小楼没盖成时朱向钱背人来瞧过两回，杨家住进来后，他门儿都没登过，地形不熟悉，不知他们的钱都搁在啥地方。有人说杨树山钱多得能当揩腚纸了，朱向钱嘴说不信他有那么大腰子，暗自也估摸到杨家大头存折不好找，百八十的说不定一划拉一把。朱向钱到这会儿只能来个瞎猫找死耗子了，弄着点先给人家就比空口白话求人家有说服力。

屋门朱向钱没敢关严，怕断了后路。院里铁大门轻微的一声响，对于朱向钱来说却好比头顶滚过个炸雷，他的身子连着正在组合柜上摸索的手全都僵硬不动了。

大门又响了一声，微小而清晰，像关上了，接着就有脚步声轻轻走近。

朱向钱顾不得追究杨树山今儿个走道儿怎么成了老娘们儿，只是肚里直叫倒霉。今儿过晌杨树山到厂子去了一趟就骑着摩托下了黄旗镇，厂子里的人都说他过麻将瘾去了。朱向钱知道杨树山下镇打起麻将来就得一宿，他一直盯着没见杨树山回来才敢钻这个空子的，不想倒让人家来了个堵窝抓鸡。朱向钱再次万分后悔真不该贱手推那扇门……

但脚步声已到了窗前，情况万分危急，不容朱向钱反省检讨。人怕急马怕骑，千钧一发之际，朱向钱总算又支配动了自个儿的身子，来不及选择有利地形，朱向钱刚把自个儿的身子就近塞进了沙发后，外边的人就已进了屋。

朱向钱气都没了似的，两手死死抱住胸口，生怕那响鼓似的心跳让杨树山听见。过了不知多久，朱向钱只觉脖子一阵刺痛，忍不住伸手一把捻死个小虫子。睁眼屋里没有亮光，听听也没动静，杨树山准是上了楼。朱向钱仗着胆子从沙发后钻出来，到门口小心地拉开门，却见当院里已没了亮，约莫杨树山已跟小媳妇钻被窝了，就松了一口气，用袖子抹抹脸上的汗和灰土，嘴里一呛，多亏他堵得急，才把一个喷嚏硬生生憋进肚里。喘上一口气，朱向钱心说惊也担了怕也受了，这样两手空空一走就太亏了，自个儿太便宜杨树山了，今儿个说啥也要叫杨树山这只肥羊掉把毛！

朱向钱转身又摸回来。

这回还没等朱向钱伸出手去，外边忽然一阵马达声响过来，紧接着灯光一扫，没等朱向钱回过神儿来，响声就已到了大门口。

随着大门咣咣的响叫，有人连声吆喝开门——是杨树山。

朱向钱给闹糊涂了，连害怕也忘了，不知外边咋会又蹦出个杨树山来。

外边叫得急起来，楼上一阵响动，朱向钱没工夫再往明白想，轻车熟路又钻到了沙发后。

楼口噔噔跑下两个人来，慌乱的脚步直奔朱向钱过来。朱向钱当是捉他来了，差点就背过气去。但那脚步却推开了朱向钱前头的一扇门，一个人滋溜进去又关上门，另一个就边往外跑边应着："哎，来了来了！"

是杨树山的小娘们儿，腔儿都变了。

朱向钱的心里呼啦透了亮。

大门一阵开关，听不见杨树山言语，光是那娘们儿乱喳喳："你把人都快吓死了，人家刚睡着……"

杨树山还是没搭腔，电灯却叭的一声亮了，接着一个沉重的身子扑通砸在了沙发上，震得朱向钱的身子都好像跟着一颤悠。

"你还那摆着等亮天呀，还不睡觉去！"小娘们儿又叫。

"你先睡吧，我待会儿……"杨树山好像没吃饭。

"人家等你到这晌，你还……咋着，还非得小姑姑请你呀？来，走吧……"小娘们儿娇声嗲气让朱向钱身上直酥酥，肚子就骂这娘们儿不定有多浪呢。

杨树山却好不耐烦："我要算账呢，你上去吧，别给我捣乱！"

"有账不怕算，走吧，明儿……"

"让你先睡你就睡去吧，我今儿个就在这睡了！"杨树山不知哪来的邪火。

"哼，看那德行，你今天就多余回来！"小娘们儿也恼了，丢下这句话跑上楼去了。

朱向钱肚里暗暗叫苦，心说杨树山你祖宗，你处处跟我过不去！

杨树山就那么一直坐着，朱向钱就一动不敢动地躺着陪他。

先是闻到浓浓的烟味儿，接着就上来了酒劲，朱向钱知道要坏，急忙又堵住了嘴，虽然一个大哈欠给闷了回去，嗓子眼儿却还是响了一小声儿，幸亏这会儿杨树山已起身脚步老沉地走起溜来。

不能睡，不能睡——朱向钱肚里这样喊着，可上下眼皮却黏黏糊糊老往一块粘。杨树山真要一宿守在这，那自个儿不窝囚死也得困死，要知受这份罪，钱在那搁着朱向钱也不会来了。

朱向钱快坚持不住了，真要等到待会儿被发现，还不如早点爬出来，就在朱向钱要向杨树山自首的紧要关头，多亏杨树山的小媳妇又下了楼，连哄带劝连拉带拽地把杨树山弄走了。

"锁上大门了吗？"朱向钱听得上楼的杨树山低沉地问了句。

啊，杨树山的小娘们儿招人了——松了一口气的朱向钱立时就兴奋起来，一时间忘了自个儿是谁在哪儿，立时就要见义勇为起来，抓住那个野汉子。可是他刚刚钻出半个脑袋就忙又缩了回去。朱向钱心里提着自个儿的名字骂自个儿：朱向钱呀朱向钱，不怨你发不了家致不了富奔不了小康，你真不知道个轻重——你说你算赶哪辆车的，凭啥替他杨树山捉野汉子呀！他姓杨的有了钱就把良心喂了狗，一蹄子蹬了给他当牛做马的贤德媳妇尹淑芬，不知从哪个狐狸窝里淘弄回来这么个小妖精，他不找着当王八么！杨树山当了王八，你朱向钱解恨还解恨不过来呢，哪能再反过去给他当狗腿子呢？再说自个儿偷杨树山的脏钱，那个野汉子偷杨树山的骚娘们儿，他们俩算得上是为了一个共同目标走到一块儿来了，他不光不应该捉那个野汉子，还应该跟那野汉子接上头握个手，往后穷哥们儿联合起来跟这个九十年代的新地主杨树山做斗争！

寻思是那么寻思，朱向钱可不敢当真贸然起来去会见隔壁屋里那个野汉子，他不知那人是谁，万一那家伙反咬一口说他朱向钱又偷钱又偷人，那可就贼咬一口入骨三分，跳大滦河里也洗不清了。不过朱向钱真想看看那个野汉子是谁。

朱向钱终于忍不住了，又慢慢向外探出脑袋。可是朱向钱的脑袋才只露出半个，前头的那扇门就开了。

朱向钱的脑袋就得顿在那一动不敢再动，好像枕了个看不见的枕头一般。

两只脚，紧擦着朱向钱的脑瓜子顶过去了，还微微带过一阵小风儿，朱向钱要把眼瞪到脑门上去了，仍才只模糊辨出一个小心向前移动的黑影的下半截。

屋门轻轻打开，那人出去了。朱向钱也顾不上再找钱了，不知待会儿又闹啥妖呢，这会儿不走没准还要把小命交待到这儿呢。可站起来想起贼不偷空的职业规则，朱向钱就顺手牵羊摸起了写字台上的一个小包，出来借着楼上微弱的灯光，只见一条黑影已翻上墙头，挺麻溜地翻了过去。朱向钱学不了，就摸到大门那儿，见门闩插着，还挂着锁，摸摸，锁却并没锁死，就知是那小娘们儿给野汉子留着门呢，那家伙准是怕弄出声响才跳的墙。朱向钱心说那个野汉子还落个好受呢，自个儿白受半宿罪，钱没捞着一分，跳墙再摔断腿那不冤死了！放门不走，傻子才跳墙呢，这会儿那杨树山听见动静也追不上了。可是就在朱向钱伸手摘锁的时候，铁大门被人从外面猛踢了两脚，那声响在黑夜里格外强烈刺耳，一点防备都没有的朱向钱给震得惊叫一声退出好几步，差点没摔倒了。待到朱向钱再上前，越急手越不分瓣儿，还没等摘下锁，院里的灯却已唰地亮了。

五

上半天，朱向钱到老杨家偷钱换了揍这一重大新闻刚在村里传遍，下半晌又传开了杨树山当上了活王八这一特大喜讯。别看这几年开会叫不齐套，这会儿全村能动的却差不多都出来了，碾坊前站不下，就站当街，就蹲大门口，就坐小墙头，兴奋一阵，议论一阵，又纷纷猜测那个给杨树山戴绿帽子的好汉是谁。猜了半天没个谱儿，汉子们就互相指证："我看像你，你可没少念叨那小娘们儿！"

"你别猪八戒倒打一耙，我看没跑是你！"

"咳咳咳，你们也甭争甭让，你们下回去把我捎上！"

"哼，还争让啥呀？你们没看那娘们儿那浪样，三个四个还真不准在乎呢！"

还未等人们把那野汉子调查个怎么着，就有几辆小车开进村来，停了木材加工厂，带走了杨树山。

消息一个接一个，说是县林业公安分局来查杨树山收私木头的事了，说是税务局来查杨树山偷税漏税的事了，说是土地局来查杨树山没批示盖小楼的事了，说是这回杨树山够呛，罚了老鼻子的款，还要抓进去呢……

可是没出三天，杨树山却回来了，坐着小车，交出了好几个存折。小车临走，一个大盖帽黑着脸对杨树山说："一个星期内交不上剩余罚款，我们就来没收房子！"

晚上，杨树山一支连一支烟抽得屋里乌烟瘴气。艳红不知是啥的还是哭的，抹着眼泪鼻涕直叫自己命苦，直叫这日子没指望了。杨树山大骂着丧门星闭上你的嘴，瞪着眼睛下了楼。杨树山瘫坐在沙发上，一会儿叹，一会儿骂，一会儿又捶脑袋咬牙。

第二天一大早，杨树山红着眼睛出来，在大门洞又捡到了一张纸，纸上写着：

　　杨树山，限你三天内把一万块钱放到黑砬洞小洞里，再敢耍老招就坚决对你不客气了。

　　不许报案，不许对人说。

飞龙帮老大

杨树山还没看完就咔咔两把撕了个粉碎，当的一脚狠狠踢在了大门上。

那天去镇上，侯镇长向他透露了点十分不利的消息，说是有人揭发他这事儿那事儿，上边要查，到这步镇也不例外担不了，让他早想办法。杨树山支出了一万块，那晚还差点儿让朱向钱给叨了去。杨树山本打着一半天就上县托人说情，没想到上边来得这么快……

杨树山四成的家产压在了厂子里，三成的家产在外边欠着，现在厂子封了，木头跟成货都给扣了，外边的欠债也都是三角债，甭说这救火似的急着用，你就是豁出工夫要上半年也不准出来工钱。家里的存款置房院盖小楼添家具用去了大半儿，这两天拼命打点，又请又送又补税款，花得快干爪了，花得杨树山的心尖子生疼生疼，大狱差不多能免蹲了，可这罚款却没处出了。到这时杨树山才觉出钱还是挣得太少。

走在当街，杨树山觉得人们都在嘲笑他。他尽力挺着胸，心里一遍遍高叫着：我杨树山垮不了，用不了一两年，我杨树山又会存上一把存折！

村里传开了消息，杨树山要卖宝宅小楼了——八万块。

大伙就摇头，说好家伙，咱们凑一堆儿也买不起呀！

第二天，杨家小楼又降到了七万，依然没人搭拢。到晚上，杨树山去找马主任。虽然杨树山认定使坏告他的没跑是姓马的，肚里已恨得长牙，可马主任是村里唯一能张罗买楼的人，卖给他杨树山虽万分不情愿，但卖了楼交上罚款还能有点余富，总比没收强。

进到马家屋里，杨树山脸上越发阴得风雨不透。他的声音也阴沉得让人发冷："你不是惦记那房院么，我连楼一起卖啦！"

马主任油脸上皮笑肉不笑，慢条斯理说："我还真是想买来着，可不能跟你争不是……再说我借的钱也还了，再说就是不还，那么高的价我也不敢搭拢哇……"

"你说值多少？"

"这个这个，可不好说，那不买的兴许说值个十万八万，想买的超过三万谁拿得出……"

"三万？！"杨树山愤怒起来，瞪圆了眼睛叫，"我买院子还花了三万呢！"

马主任撇撇嘴笑着说："你花多少钱别人不知道，可就算你真是花了三万，那不是你有钱烧的么——那院子谁买也给不过四千去呀，什么风水宝宅，那不都是封建迷信吗？我是从来不信那一套。"

杨树山转身就走，迈出屋门又回头扔一句："我就认交公了！"

马主任笑得更乐呵了："谁没收了能上咱这老山沟子住哇？还是办公呢，还是雇人看着啊？他不也得折卖了吗？——外村的不能上这住来吧？左右不还得咱村人出头买。你算算咱村，三四万块钱有几个敢搭拢的？"

杨树山就通红了眼睛，眼珠子要瞪出来似的，却又是干喘粗气说不出话来。

第三天，村里传嚷杨树山的小楼要卖给马主任了——四万五。

大伙都说便宜死了，又都说这么多钱哪闹去。

可是没等马杨两家做手续，村里又开来了县镇联合清财组。

村里开锅一般，都说敢情真人不露相，包子有肉不在褶上，闹半天马主任也不比杨树山穷多少，这会儿很快找着头儿的他就贪污七八万。

马主任被带走了。大伙说这回老马值颗枪子儿了，一条断腿才养利落的林狗子说："你看着吧，几天他就得溜达回来，顶多把他的小乌纱一抹，党票一收就算得了。"大伙说凭啥，林狗子说人家上头有硬势人。大伙不语，半晌牛大眼说："甭管他有人没人，保他一时保不了一世，喝凉水贪官钱早晚是病——你记着老辈子这句话，北京城那两个多大的官？腐化够了不也得上吊，抹脖子，坐大牢！"

林狗子说："咱也没那当官的命，想贪污腐败都腐败不了，记它干啥？走，还是打一回去吧——咳，老耗子哪去了？他咋说也得给我几个钱儿呀！"

有人说："他呀，要账的屯门了，铁公鸡也找他，镇上开饭店的也找他，这回他八成真躲进耗子洞去了！"

林狗子就说："咳，他该告去，这会儿杨树山正不走字儿，乘火烧烙铁，告他去，不说杨树山买他的房院花了还不到两万吗？"

牛大眼气鼓鼓说："他咋没找去呀，可那司法所跟杨树山一个鼻子眼出气儿，那姓胡的还要治老朱个诬告罪呢！"

大伙就说这姓胡的手上准也干净不了。正说着，一阵马达响过去，后边留下一阵烟土。林狗子就呸一口："你看杨树山还洋相呢，没蹲大牢就便宜他！"

人群里不知谁冷笑一声："你没听说么，有钱连死刑犯都能买条命呢！"

大伙就又哑口无语。

傍晚，天阴得严严实实，水糟糟的黑云压得人喘不上气来。一辆摩托有气无力地开回村来，骑车人的脸色比天空还阴沉。

宝宅小楼杨树山情愿让政府没收了也不想便宜马保忠，可没收了一分钱落不下，小楼最终还会落到马保忠手里，与其那样倒不如卖给他。虽然四万五的低价让杨树山直想宰了马主任那狗东西，可这个价除了补交齐四万二的罚款差额外还能剩下三千块——现在三千块对于杨树山来说也已不是一笔小钱了。杨树山咬牙在肚里发誓——不出三年他一定要把宝宅夺回来，而且还要盖更高的楼，把狗东西们更低地压在下，大伙看他杨树山得把下巴颏儿扬得更高……杨树山攒足了劲，只等按了手印儿接了钱，然后狠狠给马保忠几个大嘴巴子，非叫他出血掉牙不可，可是没等到那个时辰，马保忠就犯了事儿。马保忠真是只老狐狸，连杨树山觉得知根知底了，也料不到他会搂了大伙那么多钱。头几天杨树山只求着不蹲大狱就行，这牢狱之灾脱过去了，他又求着少交几个钱——最好能保住那处来之不易的风水宝宅和那宝宅里那座穷山村里独一无二的气派小楼。虽然侯镇长嘱咐杨树山这几天不要去找他，说这事县有关领导很重视，让他赶紧交罚款，可杨树山不甘心，他平常把辛苦挣来的钱一回回忍着心疼填塞给他，不就是为遇事有个依靠么，养官千日，用官一时，这会儿不用他啥时用他？杨树山在镇上从昨晚等到太阳落山，却连侯镇长的影都没见着。打听，有说他上县了，有说他下乡了，杨树山恼火极了，姓侯的这不明明是躲着么，逼没路了老子把你也供出来！可是后来杨树山又隐约听见有人议论说，侯镇长这回也摊了事，够呛……

杨树山把车停在自家大门口，在黑沉沉的黄昏中一动不动地待了半天，方才下了车，伸手推门，吭吭半天，院里却没动静，一摸，门上挂着一把锁。

　　好半天才打开了锁，高高的院墙把院里包裹得比外面还黑。盖上小楼后，杨树山花六百块买回了一只狼狗，牛犊般大小，据说曾经干过警犬。有狼狗看家护院，杨树山刚睡了几个安稳觉，那天早上那只狼狗却暴死了。杨树山认定是有人下药给毒死了，他本已托人要再买两只狼狗，可现在已经用不着了，他已经又成了一个贫困户了。

　　屋里比院里更黑，更闷，更沉寂。

　　杨树山感到了从未有过的极度的疲乏、困倦，他想睡觉。可是倒在沙发上，杨树山的眼睛却又大瞪着，心里一忽儿滚烫，一忽儿冰凉，又觉屋里闷得喘不过气来。

　　杨树山起来，费力地上了楼。

　　楼上好像更黑，更闷。杨树山把窗子咣咣全推开，可仍进不来一丝风。杨树山趴到窗口上，忽觉一阵眩晕——小楼虽才只二层，可在这偏僻的穷山沟里那些低矮的平房之中却显得那样危高、孤独，找不到邻居。四下望去，在重重的大山的欺压下，小楼又显得这样低矮……

　　倒在床上的杨树山忽地起来——他想起了艳红，天已这么黑了，她会到哪去呢？她平常是很少跟村里人来往的。

　　杨树山打开了灯，一时竟傻了——屋里乱七八糟，衣柜大开着，床上堆着衣物，地上还碎着一个酒瓶子。

　　招贼了！回过神儿来的杨树山扑通一声趴到床边，伸手往里一摸，立时像掉进万年冰窖一般一下子从里到外凉了个透——那块活动地板砖已被掀在了一边，砖底下什么也没有了。

　　那块地板砖下面本来还有一个存折——那是他最后一个存折，也是他最初的一个存折。十多年前他和发家他妈把辛苦挣来的有生以来最丰厚的一笔财富——五千块钱，小心翼翼而又得意扬扬地存入了信用社，那时连杨树山自己也没料到后来会挣到比五千多得多的钱，那笔钱他是预备着给刚刚两三岁的儿子日后娶媳妇的。开头做买卖杨树山也没少赔本儿，可那五千块的家底儿却让他心里有个依靠，后来不管为多大的难做多大的鳖子他也从没动过那个折儿。现在那个折上连本带利已由五千滚成了二万多，杨树山本打算要靠这最后一只蛋再重新孵出一群鸡来，可现在，这最后的指望也像一只鸡蛋被重重地摔在石头上一样破碎了。

杨树山像被抽去筋骨一般，好不容易挣扎起来，踉跄一下，他一手扶住梳妆台，就看见了梳妆台上的两张纸。杨树山手指颤着捏起一张——那是一张烟盒纸，背面写着这样两行大大的字：

杨树山，白艳红我领走了，我们尹家人也不是好欺负的！

尹双贵

杨树山只觉头顶轰隆一个炸雷，他怔了半晌方才抬头，却找不到房顶上的窟窿。他家是逃荒过来的，村里没有至近亲戚，所以虽然跟尹淑芬离了婚，他还是把尹双贵当成自家兄弟待，自己出门时就让他负责照料厂子。尹双贵得说是杨树山看着长大的，那孩子打小就老实能干，没坏心眼儿，杨树山挺待见他。那晚朱向钱偷钱被他抓住后，艳红跑出来吓得不像样儿了，却又替朱向钱遮拦又替他讲情，还前言不搭后语的，杨树山当时怀疑那里边有事儿，那会儿正寻思捂盖查他的事呢，没顾上深究，可杨树山咋也没想到会是……

傻了一般不知过了多久，杨树山忽然怪笑起来，那笑声先是狂愤，后是凄楚，再后又似疯痴了一般，嘴里还连连叫着："好小子，好小子，有种，是你姐的好兄弟……"

最后一个存折让艳红卷走了，艳红让尹双贵卷走了，宝宅小楼明天也将不再属于他，到这时杨树山觉得茫茫世界真的就只剩下了他一个——光光的一个儿，什么也没有了。

手中的烟盒纸轻轻飘落，杨树山僵直的眼睛，又笨拙地认出了梳妆台上另一张皱巴巴白纸上的一些狰狞而又模糊的字：

> 杨树山、白艳红，给你们最后一次机会，一万块，赶快拿来，一分不能少，少一分叫你们狗男女立刻完蛋绝没好下场！！
>
> 全体飞龙帮

杨树山的眼睛渐渐发红，充血。他抓起那张纸塞进嘴去，狠狠地嚼碎，嚼烂，咽进肚去。

杨树山从衣柜后边拿出了一杆乌黑的火枪。

正在这时，屋里、村里刷地一片昏黑——停电了。

小西沟南坡，杨树山木木地靠在黑砬洞旁。四下漆黑一团，用不着躲藏。村中几窗昏花的油灯光遥远如昨夜的星辰，北山根那所老房院找不见踪影。

头顶一声沉雷，杨树山激灵打个冷战。他紧紧靠在石壁上，一动不动，成了石人一般。

浓腥的雨意笼罩了世界。杨树山听到了急促的脚步声由远而近。

随着一个大闪，杨树山晃见了一个单薄的身影正急急地向山坡跑来。

是朱向钱？

随着一声惊雷，豆大的雨点便噼里啪啦砸落下来，杨树山感觉那雨水一直流进他的心里去，冰凉冰凉，苦涩苦涩。

杨树山咬着牙，沉沉地颤颤地举起了手中那杆湿淋淋的火枪。

"发家！发家！你干什么去了——？快回来——！"

正这时，北山根看不见的老房院那边，一个女人焦急的呼唤从滂沱的大雨中挣扎着传来。